名人汀州

MING REN TING ZHOU

王 英 ◎ 著

中国书籍出版社
China Book Press

图书在版编目（CIP）数据

名人汀州 / 王英著. -- 北京：中国书籍出版社，2019.11
（古韵汀州旅游文化丛书 / 吕金淼主编）
ISBN 978-7-5068-7526-4

Ⅰ.①名… Ⅱ.①王… Ⅲ.①名人-生平事迹-长汀县 Ⅳ.①K820.857.4

中国版本图书馆 CIP 数据核字（2019）第 254204 号

名人汀州

王　英　著

责任编辑	张　娟　成晓春
责任印制	孙马飞　马　芝
出版发行	中国书籍出版社
地　　址	北京市丰台区三路居路 97 号（邮编：100073）
电　　话	（010）52257143（总编室）　（010）52257140（发行部）
电子邮箱	eo@chinabp.com.cn
经　　销	全国新华书店
印　　刷	四川科德彩色数码科技有限公司
开　　本	787mm×1092mm　1/16
字　　数	185 千字
印　　张	11.5
版　　次	2019 年 11 月第 1 版　2019 年 12 月第 1 次印刷
书　　号	ISBN 978-7-5068-7526-4
定　　价	280.00（全 5 册）

版权所有　翻印必究

序一

走进汀州名人

王耀华

王英贤侄是我看着长大的。二十多年前她在福建师大中文系就读。我曾建议她考研深造，但她选择了回长汀。这一路她走过不少岗位，包括教书育人、下乡镇基层、进农业、工业部门。有几年她还兼任了家乡民乐团的工作，活跃在城乡为乡亲们演出。当时，我作为一名音乐工作者，出于对家乡的热爱，常往返长汀进行联合创作音乐。她对工作的热忱、对艺术的执着，给我留下了深刻的印象。

后来，她调到长汀县方志办。几年后，当她拿出这本沉甸甸的地方名人文史书籍时，我为之感到欣慰。我想，或许她返乡是对的。家乡需要这样一名记史者。

这本《名人汀州》，正是她为家乡历史文化建设所做的一次尝试。作者以史为本，寻幽探微，钩沉古迹，以一位史记者的严谨认真，一个散文家的丰富情感，去贴近这些历史人物的心灵，记叙描摹了这些名人在汀州的点点滴滴。作为在外游子，我被王英对家乡的热爱引出的对与汀州相关历史名人的热爱，再产生的巨大写作热情所感动。在《陈剑，古汀州的开拓者》一文中，她赞叹道："汀州，古有陈剑建立城池，成为汀州筑城第一人……今有'老愚公'游炳章等民间热心人士与政府共同出力，圆了家乡人民修复古城墙之梦。此乃长汀之幸也！"

历史，终究能照亮现实，警醒后人。作者在书中表达出自己独特的现实感悟与思考。在《开闽圣王王审知》中，她写道："只要是历史上对汀州做出了贡献，对客家付出了情怀的人，同样都是深受家乡百姓爱戴的'客家公太'。"

作者怀着无限的崇敬，踏着沉稳的脚步，一个一个古人慢慢地去追寻，记录下了这30余位与汀州紧密相连的历史名人。她让我们认识了廉洁正直的濯田乡贤黎士弘、黎致远父子，走近了不追求名利的"布衣画师"上官周，读懂了力主统一的台海名将刘国轩。还有平民画家黄慎，他生活在社会的最底层，精神却一直在高处。这些名人在精神上融入了客家文化的血脉，形成了爱国爱乡、崇文重教、坚毅果敢、开拓进取等客家魂，让汀州这座历史名城更具文化品位和历史内涵。

在历史的长河中，这些都是中华优秀传统文化和民族精神的体现。王英把这些名人整理出来，是一项很有意义的工作。她让我们更加了解汀州，了解客家，了解我们的源头与根。新的时代，在实现中国梦的道路上，让我们与这本书为伴，一同来追本溯源、追慕先贤、与党同心、奔向前程吧！

2019 年 5 月 25 日于榕城

【作者简介】王耀华，1942年生，福建长汀人，福建师范大学教授，博士生导师。曾任北京大学艺术学院音乐系主任。全国政协委员，常委；福建省政协副主席，福建省民盟主委，国务院学位委员会艺术学科评议组成员。

序二

名人与名城的秘密

王光明

收到王英寄来的散文集《汀水谣》和《名人汀州》初稿，顿生出无限羡慕：出生和生活在文化名城真是一种福分呀。举手投足，都是历史荫凉；耳闻目睹，尽是先贤本事。即使用尽一生，也是看不厌，听不完，道不尽。可不？王英从现实的"汀水谣"出来，又走进历史的汀州，寻找名人的雪泥鸿爪了。

《汀水谣》的意趣有点像我们的客家民歌，因物起兴，脱口而出，是现实的、即兴的、个人的抒情。而放在我们眼前的这本《名人汀州》，则是历史上汀州名人踪迹的钩沉：外来的从唐天宝年间的汀州刺史樊晃，到清乾隆年间在汀州试院巡考的福建学政纪晓岚；本土的从北宋长汀第一位进士罗畟，到清末民初的教育家康咏；等等。王英拂去一千多年的历史烟尘，让三十来个文化名人栩栩如生地列队来到我们面前。

历史名人是一个地方的文化名片，是文化身份和文化品格的见证。但时光荏苒，逝者如斯，名人踪迹在久远的历史时空中真的如雁过留声。就像苏东坡诗《和子由渑池怀旧》所谓："人生到处知何似，应是飞鸿踏雪泥。泥上偶然留指爪，鸿飞那复计东西。"因为有太多的偶然，有些连当事人自己也未曾留意，追寻起来分外不易。

真难得王英如此用心，她以作家的敏感和学者的严谨，从地方史中，从个人文集和人物传记中，从家谱族谱中，从学术著作中，将他们在汀州的踪迹一一钩沉出来。通过这些名人的踪迹，我们既看到了中华文明在一个地域富有特色的发展，也看到了千百年来形成传统的客家文化，承接、转化与反哺主流文化的生动景观。光芒万丈的唐诗宋词照耀着客家民系开垦的丛莽之地，而汀州大地的美丽山水和淳朴民风，也感染着历朝历代匆匆来去的过客，给他们精神上的激励、心灵上的安慰和创作上的灵感，以至于像钟全慕、钟翱这样的唐代祖孙刺史，最终也以客为家，定居汀州，成了客家民系的组成部分。

《名人汀州》所昭示的，是名人与名城相得益彰的秘密。

是为序。

2019年2月26日于北京四季青

【作者简介】王光明，1955年生，福建武平人，首都师范大学文学院教授、博士生导师，著名文学评论家，"国务院特殊津贴"专家。

序三

鄞山汀水的千年知音

马卡丹

初闻王英调任长汀县方志办主任，有些讶异。印象中的她热情、阳光、活力四射，常在八小时之外组织或参与各类文学、戏剧活动，而方志岗位却是"板凳要坐十年冷"的，是要钻进漫漶古籍搜罗爬剔灰头土脸艰辛备尝的。她能耐得住寂寞，深潜故纸堆中沙里淘金吗？

几年过去，王英捧出了这部《名人汀州》书稿。古汀州千年云烟迷蒙的岁月，伴随她笔下一位位历史名人渐趋清晰的身影，也在读者的眼前渐次鲜活。对闽西人而言，汀州是一个亲切如母熟稔如母却又多少有些陌生的存在。有多少人能像熟悉母亲的生平一样，把握古汀州千年沧桑的脉络呢？在汀州文史的漫漫金沙中，作者不辞劳苦，千淘万漉，从灵动其间辉耀史册的名人入手，在时光的长流中与历代先贤作忘年的交游。三十余位彪炳汀州史册的历代名人，在她的这部书稿中集中亮相，个个风神独具，令今日的我们不禁心驰神往。

好多年前，为着编著《闽西文学史话》，曾与文友天一燕遍访原汀州府八邑，寻典籍，探耆老，查实证，辨正误，前后花费了数年时间，不记得多少心血为之挥洒。汀州早期的史料直如凤毛麟角一般珍稀，每每得着一条有价值的史料，便欣喜近狂。只是如此的勤勉依然所得寥寥。汀州史上早期的名人如唐代的樊晃、韩晔、陈剑、元自虚、蒋防等，都只能避实就虚，或一笔带过，或一通感慨，让惊叹号与省略号做名人的脚注，至今仍令我深以为憾！好在王英弥补了这个缺憾，不知道是她更为幸运还是更为勤勉，她的心血开花结果，那些躺在地方典籍上只占十几个字符的唐代太守们，因着她的广征博引，一个个居然立起来了，有了骨架，有了血肉，甚至有了略显模糊却渐趋清晰的面容。你仿佛可以闻到他们的气息，感受到他们的心境。比如樊晃，南宋地方典籍《临汀志》上只有"樊晃为刺史，表林披为临汀令。《唐书·林蕴传》"一行记载，清乾隆《汀州府志》更是简略到仅"天宝间任"四字。作者由此出发，遍查《新唐书》《全唐诗》乃至《嘉定镇江志》《皇甫冉诗集》等古籍，从《新唐书》中的林蕴传记，查到林蕴之父林披与樊晃的交往，再从林披的任职时间，推断出樊晃为史籍所载的较早一位汀州刺史。在《全唐诗》中，她找到了樊晃的七绝《南中感怀》，进而找到从此诗名句"十月先开岭上梅"在宋元祐年间青花瓶上的题款。她还用现代人以此句猜灯谜，打一种经济作物，谜底为"早花生"的例证，点明樊晃诗歌恒久的影响。她甚至找到了诗人刘长卿、皇甫冉与樊晃唱和的诗歌。有关樊晃的生平与作为，多是这样迂回曲折一点点汇集成裘。尤令古汀州子民欣慰的是，这位汀州首任刺史，竟是诗圣杜甫身后的第一知音，在古稀之年凭一己之力，搜罗了杜甫近300篇散佚之作，编成《杜工部小集》。杜甫生前是寂寞的，他的诗"百年歌自苦，未见有知音"感慨悲凉，在他身后，是樊晃，第一个清醒认识到杜诗无与伦比的价值，由此开启了此后千年对杜诗一波高过一波的推崇。樊晃堪称杜甫的第一知音，而王英，可不可以说是樊晃的第一位知音呢？她的目光那么执着地投向时光隧道的纵深，穿透千年的扑朔迷离，终于看到她心仪的樊晃，看到他"骑着马缓缓走来，脸上写满了对生命的释然"。

正是这样，《名人汀州》中的不少篇章，字里行间几乎都能发现作者心的战栗。她的心与她笔下的名人相通相融：革新遭贬的韩晔，遭遇山都的元自虚，命途多舛的蒋防，开州创城的陈剑，诗咏汀州的陈轩、郭祥正，以及王审知、辛弃疾、杨方、宋慈、王阳明、黎士弘、上官周、纪晓岚……名人与汀州相辅相成，名人是鄞山汀水的千年知音。隔着数百年乃至千余年的岁月，她为他们的落寞而感慨，为他们的欢乐而欣然，为他们的高才而倾倒，她的笔下流淌着这些名人的歌与哭、笑与诗。于是，我们看到了一个与历代先贤共喜同悲心灵升华的王英，看到了一个不计功利倾心故土千年沧桑的王英。

结识王英是因为文学。多年前负责龙岩作协的时候，她是作协女作家联谊会的副会长。她在散文集处女作《汀水谣》中展现的故土情怀，曾给我留下很深的印象。而作协在长汀的多次活动，都少不了她精心谋划、往返奔走的身影。在依山面江的汀州古城墙上，在娇黄满目的策武银杏林里，在河田、三洲的青绿山水间，她让我看到了她热情洋溢的一面。而更深的认识却是在这部书稿中，在那倾注着无比热忱的字里行间，她让我感佩其坚韧不拔的另一面。这是一个令我刮目相看的王英。她前行的路还很长、很长，愿她走得更加坚实。

是为序。

2018 年 10 月 20 日草于沪上

【作者简介】马卡丹，1954 年生，福建连城人，中国作家协会会员，著有《千年回望》《中国丹霞》等文集 10 余部，散文集《客山客水》获第二届冰心散文奖。

目录 CONTENTS

序一：走进汀州名人/王耀华 …………………… 001
序二：名人与名城的秘密/王光明 ………………… 003
序三：鄞山汀水的千年知音/马卡丹 ……………… 005

第一辑　名流汀州

唐代汀州刺史樊晃 ……………………………… 003
韩晔的改革梦 …………………………………… 007
陈剑，古汀州的开拓者 ………………………… 012
遭遇山都的元自虚 ……………………………… 019
蒋防与《霍小玉传》 …………………………… 023
开闽圣王王审知 ………………………………… 027
祖孙刺史钟全慕、钟翱 ………………………… 034
北宋知州诗人陈轩 ……………………………… 041
"太白后身"郭祥正 …………………………… 047
慷慨悲歌辛弃疾 ………………………………… 052
宋慈开辟汀江航运 ……………………………… 056
胡太初编修《临汀志》 ………………………… 062
文天祥汀州抗元 ………………………………… 067
明代圣贤王阳明 ………………………………… 074

001

巧艺天工宋应星 ………………………………… 077
　　纪晓岚巡考汀州 ………………………………… 080

第二辑　汀州先贤
　　长汀第一位进士罗彧 ……………………………… 087
　　王捷，汀州炼丹第一人 …………………………… 091
　　南宋名儒杨方 ……………………………………… 094
　　元朝战将罗良 ……………………………………… 099
　　治世能臣马驯 ……………………………………… 102
　　百梅诗人郝凤升 …………………………………… 109
　　"汀南异人"黎士弘 ……………………………… 115
　　铁面侍郎黎致远 …………………………………… 122
　　闽画宗师上官周 …………………………………… 128
　　名将刘国轩 ………………………………………… 134
　　画坛巨匠黄慎 ……………………………………… 139
　　"伊汀州"伊秉绶 ………………………………… 144
　　清代史学家杨澜 …………………………………… 151
　　教育家、诗人康咏 ………………………………… 158

后　　记 ………………………………………………… 164

第一辑　名流汀州

MING LIU TING ZHOU

名人
汀州
MING REN TING ZHOU

唐代汀州刺史樊晃

千年汀州，一大批历史名人与之结下了不解之缘。譬如唐代诗人樊晃。他的生卒、籍贯与任职年限，至今仍迷雾重重，但有两点可以确定：杜甫身后的第一知己、唐代建汀州后早期的汀州刺史。

据《新唐书》《全唐诗》与清乾隆版《汀州府志》记载，樊晃（约700—773），句容（江苏句容）人，祖籍南阳湖阳人（今河南省唐河西南湖阳镇），唐开元二十八年（740）进士及第。天宝年间（741—753）任汀州刺史、兵部员外郎等职。代宗大历五年（770）任润州刺史。新、旧唐书没有他的传记，曾被误为樊冕、樊光、楚冕等名字。

谁是有史记载的汀州第一任刺史？宋代汀州志书《临汀志》关于刺史的排序是元自虚、樊晃。清乾隆版《汀州府志》则以樊晃为汀州第一任郡守。《临汀志》的依据是"因《太平广记》所载，元自虚于唐开元（713—741）中为刺史"。然而，诗人张籍为好友元自虚作诗《送汀州元使君》，却写于唐元和年间（806—820），故元自虚应当是元和年间担任汀州刺史。关于陈剑，清乾隆版《汀州府志》有载："陈剑，大历间，汀州刺史。"《闽西风物志》具体点明："大历四年（769），陈剑接任汀州刺史。"1993年版《长汀县志》记载历代的刺史、知州、总管、知府，排序为：樊晃、陈剑、韩晔、元自虚、蒋防。可见，多数史料记载樊晃任汀州刺史的时间比陈剑、元自虚任职都早，应为汀州刺史第一人。

作为汀州刺史的樊晃，史料记载实在稀少。就连樊晃自己，不知是因为在汀州任上时间较短，还是任汀州刺史正四品官职后，又被贬为六品兵部员外，心中颇有隐衷，故而在《杜工部小集序》里，对此段经历避而不谈。幸而，

汀城记忆

《新唐书·儒学下·林蕴传》有载："林蕴，父披，字茂彦，以临汀多山鬼淫祠，民厌苦之。撰《无鬼论》。刺史樊晃奏署临汀令，以治行迁别驾。"从中看出樊晃知人善任。由于林蕴的父亲林披为政有成绩，樊晃举荐他为别驾。别驾是州刺史的佐官，地位比较高。因出巡时不与刺史同车，而是另乘一辆车，故称"别驾"。林披是唐朝中后期的诗人，也是福建早期的教育实践家。在汀任职后，他还当上了刺史。他生的九个儿子中有八个当过州官，世号"九牧林家"。大多数莆田林氏都认他为祖先，传说妈祖林默娘也是他的后代。林氏也称为"九牧堂"。清乾隆版《汀州府志》亦载："林披，莆田人，天宝中，授临汀郡曹掾。郡多山鬼淫祠，披著《无鬼论》。刺史樊晃奏为临汀令，以治行迁本郡别驾。"林披当时任曹掾，管辖汀州治安。樊晃能慧眼识珠，将这位闽中南第一个用文字宣传无神论的官吏提拔起来辅佐自己，不仅证明他思想超前，更体现了他在刺史任上也是颇有一番作为的。

作为诗人，樊晃在当时只能算小有名气。《全唐诗》收录了他一联断句《句》："巧裁蝉鬓畏风吹，尽作蛾眉恐人妒。"可见他的诗律讲究清奇，文辞比较丰赡。《全唐诗》还收有他一首诗《南中感怀》："南路蹉跎客未回，常嗟物候暗相催。四时不变江头草，十月先开岭上梅。"写出自己及第后省亲客居岭南，对路途遥远、蹉跎不及的焦虑之情。其中"十月先开岭上梅"，用梅花已放的物候特征，衬托自己内心的急切，以及对次年春天的"登科"充满了期盼。此诗一直流传至今，常被人们题诗作画于竹笔筒与青花瓶上。现代人甚至用它来猜灯谜，打一种经济作物，答案是"早花生"，真是贴切极了。

樊晃与诗人刘长卿、皇甫冉友善，也有诗唱和。《全唐诗》收有刘长卿的《和樊使君登润州城楼》。皇甫冉是润州状元，一直在京城做官，年老后返乡定居。时任润州刺史的樊晃对他很客气，有活动总邀他同往。皇甫冉也礼尚往来，每次活动都记诗以表尊敬。《皇甫冉诗集》里收集了他的《同樊润州游郡东山》，记录了与樊晃同游润州城东山的盛况和感受。

提起樊晃，一定会联想到诗圣杜甫。或许樊晃自己都没有想到，他一生中最大的贡献，是在古稀之年，以一己之力搜罗了杜甫近三百篇散失的作品，编撰成《杜工部小集》，并因此而流芳千古。古往今来，研究杜诗的人非常多，然而第一个研究和评价杜甫的人是樊晃。樊晃与杜甫是同时代人，只是辞世稍晚。在他眼里，杜甫是一位品行端正、忧国忧民，诗作可圈可点，生平事迹令他同情叹息的诗人。得知杜甫死于湘沅时，樊晃的心情十分悲痛。他为杜甫"常蓄东游之志，竟不就"而感慨，更因其诗作"江左词人所传诵者，皆君之戏题剧论耳，曾不知君有大雅之作，当今一人而已"而激愤不平。其中的"大雅之作"，指的正是杜甫诗中反映现实、忧国忧民的沉郁顿挫之作。

杜甫在世时，与李白、王维、高适、岑参、孟浩然等大家都有交往。杜甫对他们的诗赞叹过，但史上没有留下他们对杜甫的称赞之辞。当时的诗歌选本殷璠的《河岳英灵集》选了李白诗13首，王维诗15首，王昌龄诗16首，但未收选杜甫诗。想来应是杜甫名气不够，人们对他还缺乏认识和重视。直到中唐樊晃出现后，杜甫才逐渐受到韩愈、元稹与白居易等人的大力赞扬。至北宋初年，人们的审美观开始转变，崇尚华艳的风气渐淡，平实深远的作品受到关注，就像酒阑茶兴一样，杜甫才被重新追想。从此，一部杜甫诗集留给了学者宽阔的研究空间。其中一字一句，都闪耀着诗人的烛影泪光。萧条而悲凉的杜甫，把自己一生的不平遭遇表达在《南征》等作品中："百年歌自苦，未见有知音。"樊晃成了杜甫去世后第一个认识到杜诗价值的人。我猜想，杜甫若在世，一定十分乐意将"百年歌自苦，未见有知音"改写为"百年歌自苦，始见有知音"。

据考定，樊晃《杜工部小集》的编成，应在唐大历七、八年间（772、773）的润州，也是樊晃生命中最后的时光。《杜工部小集》共六卷，收诗290篇，且"各以志类"，按照内容分为六类。此书虽已佚，但收集了杜甫一生中各个时期的诗歌，其中兼收各体，偏重古诗，概括了杜甫一生的行迹，是现存记载杜甫生平简历最早的文字小传，更提供了杜甫去世前后杜诗流传的概况，成为第一本收集和整理杜诗的书籍，为杜甫诗歌的保存与流传作出了最早的贡献，具有弥足珍贵的史料和文献价值。樊晃还作了《杜工部小集序》，叙述了杜甫的事迹与自己的编诗过程。序文简要，却眼力不俗。他之所以将杜甫推到无人能伦比的崇高地位，也是欲以杜甫上古"风雅"的传统，去针砭当时的诗风。

著名学者钱钟书对杜甫评价甚高。他认为：中唐以后，众望所归的大诗人一直是杜甫。台湾师范大学教授徐国能缅怀杜甫的散文《诗人死生写诗只为取悦自己的灵魂》，也令人感动。在他的笔下：诗圣杜甫在困苦中由生而死，却在无闻中由死而生，站上了生命的永恒。其实不只杜甫，每一个诗人，都活在他的诗句中。只要有人诵读，诗人便从千古而来，与读者双手紧握。"文章千古事，得失寸心知。"杜甫同样告诉我们：诗为寸心而作，亦只寸心可知。诗的目的只在瞬间，瞬间却更接近于永恒……这样读着，在夜色下怀想古人，我仿佛看到杜甫与樊晃骑着马缓缓走来，脸上写满了对生命的释然。

韩晔的改革梦

汀州历史上有一位参与了唐代"永贞革新"政治运动的刺史，他的名字叫韩晔。韩晔（？—约824），又名韩烨，字宣英，生活于8—9世纪的中唐后期，京兆长安（今陕西西安）人。他英雄俊才、身世不凡，是著名思想家、散文家柳宗元、刘禹锡的挚友。永贞元年（805）因"永贞革新"被流放，贬为安徽池州刺史，同年降为江西饶州司马。唐元和十年（815）任汀州刺史。之后，调任湖南永州刺史，病逝于永州。《旧唐书》《新唐书》皆有记载。

《旧唐书·韩晔传》载："韩晔，宰相滉之族子，有俊才，依附韦执谊，累迁尚书司封郎中。叔文败，贬池州刺史，寻改饶州司马，量移汀州刺史，又转永州卒。"《新唐书》亦载："晔者，滉族子。以司封郎中贬饶州司马。终永州刺史。"韩晔的祖父韩休是唐代大臣，伯父韩滉是宰相与知名画家，父亲韩洄是理财家刘晏的徒弟，官至四品，掌管着国家的财货贡赋。韩晔继承父业，擅长理财。他担任司封郎中、判度支案后，以善于处理繁杂事务，从无差错遗漏而著称。刘禹锡称他"能承其家法而绍明之"，赞扬他比大伯、父亲更精明强干。柳宗元在《答元饶州论春秋书》亦提道："又闻亡友韩宣英、吕和叔辈言他义，知《春秋》之道久隐，而近乃出焉。"可见，韩晔对儒家经典也有一定研究，曾与吕温谈论《春秋》新学，并受到了陆质新学的影响，可惜未能留下文章传世。

韩晔生活的时代，是经过安史之乱的冲击，唐王朝由盛而衰，社会矛盾交织，面临严重危机的时期。永贞元年（805）正月，19岁的唐顺宗李诵即位。他任用王叔文、王伾为翰林学士，重用柳宗元、刘禹锡、韩晔等一批有才能、有抱负的年轻人，开展了强化中央集权、打击宦官势力、罢宫市、废五坊使、抑

韩晔

制强藩、减免赋税等一系列政治革新运动，史称"永贞革新"，又称"二王八司马事件"。改革措施深受百姓欢迎，就连反对派韩愈也以"人情大悦""百姓相聚欢呼大喜"等记录了当时的措施与效果。

然而，只要是改革，就会有利益冲突。"永贞革新"涉及了大多官僚的利益，从一开始就引来了他们的联合抵制与反扑。当代学者马立诚在《历史的拐点，中国历朝改革变法实录》中的《"八司马"的归宿》一文中评论道，革新派们除了韩晔出自宰相家族，其余多是出身低微的新人，根本不是善于玩弄阴谋的宦官与充满杀气的藩镇的对手。他们所倚靠的也只是重病在身、失去了语言能力的皇帝。据当代史学家漆侠考证，"二王八司马"实际执政只有146天。这电光石火的146天，给后世留下了很多启示和教训，成为绵延千年的一个沉痛话题。

永贞元年（805）八月，当了八个月皇帝的顺宗被迫禅位。"永贞革新"中的王叔文先被贬，王伾病死于贬所，刘禹锡被贬为连州刺史，柳宗元为邵州刺史，韩泰为抚州刺史，韩晔为池州刺史。不久，朝廷认为他们被贬得太轻，十一月又下诏将韦执谊、刘禹锡、柳宗元、韩泰、韩晔、陈谏、凌准、程异等八人贬到更偏远之地任司马。不到一年之内，朝廷四次发布诏命，规定"八司马""纵逢恩赦，不在量移之限"。即遇到大赦，也不得迁职。这就是震动朝野的"二王八司马事件"。韩晔则被贬为江西饶州（今江西波阳）司马。宋朝文学家、改革家王安石在《读柳宗元传》里，发出了这样的感叹："余观八司马，皆天下之奇才也！"

十年后，中唐政局发生了变化。对韦贯之、柳宗元、刘禹锡等较为同情的王叔文从尚书右丞升为宰相。在他的执政下，唐宪宗元和十年（815），朝廷将"八司马"召回京城，要提拔为刺史。此时的"八司马"中，韦执谊、凌准死在了贬所。程异经人引荐，贬职三年多就调回朝廷，还当上了宰相。身处贬所十年不归的韩晔得到征召的消息后悲喜交加。然而，迎接他们的并非喜讯。仍有不少人竭力阻止他们入朝。在反对势力的干涉下，韩晔等人在长安只停留了不到一个月，又被外派为刺史。虽是升官，任职的地方却更加遥远。带着满腔热情想要大展宏图的韩晔等人，实际上等来的是又一次贬逐。柳宗元贬出为广西柳州刺史，刘禹锡为广东连州刺史，韩泰为福建漳州刺史，陈谏为广东封州刺史。

韩晔的贬谪地就是唐开元736年开始置州的汀州。比起隋朝589年置的饶州，汀州路途更遥远，地域更荒僻。我的脑子出现了这样一幅场景：三月初春的长安，一位落魄的文人，沿着一个月前兴冲冲进京的线路又折回，竟还是十年前被贬黯然南下的旧路，甚至还多了一段崎岖的福建山道。可想而知，这一路是令人怎样泪湿沾襟的失落与凄凉。这一年，他应当人到中年了吧？就算年纪尚轻，前途的渺茫也会令人瞬间老去十几岁。带着这番心境入汀，韩晔对汀州会有怎样的一番情感与作为呢？韩晔未留下任何诗句。清乾隆版《汀州府志》也只有寥寥一句关于韩晔的记载："坐王叔文党贬，元和十年召用，出为汀州刺史。"

幸而，有柳宗元那首著名的《登柳州城楼寄漳汀封连四州》诗："城上高楼接大荒，海天愁思正茫茫。惊风乱飐芙蓉水，密雨斜侵薜荔墙。岭树重遮千里目，江流曲似九回肠。共来百越文身地，犹自音书滞一乡。"这首诗写于各司马远谪刺史的夏秋之间，他们三月出发，想必都已到达驻地。到达柳州后的柳宗元，地方政务对他来说是小菜一碟。他有大把的时间用于写诗赋文、思乡念亲。登上城楼远眺，无限的愁思涌上心头。他最怀念的就是刘禹锡、韩晔、韩泰与陈谏这四位患难与共的友人了。读着柳诗，笔者不由得掩卷长吁。想象秋风冷雨中，这群青年才俊如何一步步远离长安，孤独地栖身于言语不通的蛮夷之地。千山万水阻隔了他们的脚步。音信难通，唯有在边境惆怅地苦熬岁月。

这时，笔者触到韩晔当年在汀州的情愫了：宦海浮沉、命运多蹇，哀己之才、怀才不遇。这种处境，谁人不悲愤？谁能不凄凉？诗人柳宗元的心声，应该也是一千两百年前韩晔弥漫于心的情怀吧？司马一职，西周开始设置时权力很大。到了唐朝，成了一个特殊的闲职，专用于安置闲散宗室与被贬的京官。只领俸禄，没有实权，每天可以游山玩水，白居易戏称之为"送老官"。一般情况下，地方官不与司马交往。因为交往了，被人抓到把柄，可能被罢职。加上这些司马说不定哪天又会回京城做官了，既得罪不起，又靠近不得，只好敬而远之。从低微的司马明升暗降为汀州刺史，如此敏感的任职，地方官员对待韩晔更只能敬而远之了。

笔者开始理解韩晔在汀州为何难以一展身手了。幸而还有刘禹锡深厚的情义。他与韩晔是莫逆之交。韩晔谪居饶州五年后，刘禹锡写了《答饶州元使君书》一文，高度评价韩晔"好实蹈中"，即坚持求实，不偏不倚，行为正直，能执行大中之道，并把他推荐给饶州刺史元洪。元洪本人也有过贬谪经历，特别同情他，故而奏请朝廷启用韩晔代替自己任刺史。当然，奏折没被采纳，却融化了韩晔那颗冰冷而伤感的心。清康熙版《永州府志·艺文志》收有刘禹锡一首《送友人牧永州》。韩晔的儿子韩宾这时考中了进士，后来当上亳州刺史。诗中，刘禹锡以三国的凤雏、晋代的孝若、孟阳比喻韩宾才学非凡，并由子及父，称赞友人的德才以及后继有人的安慰。此时的韩晔已离开汀州赴永州任上。不久，这名革新派领袖就静静地病逝于永州。惆怅之余，我仍为韩晔感到一丝欣慰：纵使时不我待，有知己如斯，夫复何求?!

陈剑，古汀州的开拓者

史载功臣，在客家首府古汀州历史中，有一位古汀州的开拓者——唐朝汀州刺史陈剑。史籍详细记载了他选址迁州城的故事——"陈剑迁州"。

陈剑迁州

清乾隆版《汀州府志》等载，唐开元二十四年（736），汀州正式置州，管辖长汀、黄连（今宁化）、新罗（今龙岩、漳平、永定三县），州治就设在汀江中上游的一块小地方——长汀村（今上杭县临城镇九州村）。州治、县治，是指州县衙门的所在地。此时的汀州，与福州、建州（今南平市建瓯市）、泉州、漳州，并称"福建五大州"。

陈剑，唐大历四年（769）任汀州刺史，籍贯及生卒年都没有记载。清乾隆版《汀州府志》有载："陈剑，大历年间汀州刺史。郡治旧在新罗，再迁至东坊口。剑始至闻鼓角声，民进状请迁治，剑择地卧龙山之阳曰白石村，请于朝，因改筑焉。"陈剑赴任后，发现汀州州治和长汀县治烟瘴弥漫，瘟疫流行，连年歉收，官民死者数以百计。他招来部属和百姓询问，才知唐天宝年间（742—756），汀州改名"临汀郡"，汀州州治和长汀县治也从原来的长汀村一同迁至东坊口大丘头（今长汀县大同镇草坪哩，距长汀县城约5里）。由于迁州过于仓促，没有认真勘测地址，不知此地临近大山，时有山岚瘴气。官民联合进状，纷纷请求选址迁城。于是，陈剑听取民众呼声，呈禀上司，将汀州州城迁往白石村。福建观察使王永昭奏呈于朝廷。长汀县治也随州治迁移到白石村，仍附在州治城郭边。白石村位于长汀卧龙山南麓、汀江之滨。自唐朝至今，长汀卧

陈剑

龙山下一直成为汀州州治和长汀县治所在地。当代长汀籍文史专家邹子彬在《汀州风物志》一书中亦提及："从今汀城的地理环境来看，当时陈剑迁州，是经过地形、土质、水利的勘察，最后选择在卧龙山的南麓白石村。这里面对镶嵌在两座高山间圆圆的珠峰——宝珠峰。四面青山环抱，汀江清溪一泓，土地肥沃，风光秀丽，无论从八卦图像，山形地势，两仪四象，是属佳境。于是定址开辟。"

遭遇山都

陈剑迁州，还遭遇了白石村的"山都"。原来，一千多年前的长汀卧龙山还是一片原始森林。宋代初期的地理总志《太平寰宇记》有载："汀州地多瘴病，山都、木客丛萃其中。"那么，"山都"究竟是何物呢？唐代学者牛肃在纪实传奇小说集《牛肃纪闻》载道："州初移长汀，长汀大树千余株，皆豫章迫隘，以新造州府，故斩伐林木。凡斩伐诸树，其树皆枫、松，大径二三丈，高者三百尺，山都所居。"曾居住福建8年，剿抚过汀州畲汉起义的福建右布政使、明末清初的学者周亮工在上杭写过《夜登杭川城楼有感》诗，其中有两句"都人拥树曾同鸟，畲客编茅别是蛮"。正是他根据居住方式的不同，推断出汀州的"畲客"族源与历史上"山都"的区别：畲客住的是茅屋，山都巢居在树上。

复旦大学中国历史地理研究所吴松弟教授在《客家南宋源流说》一文中提出："唐代汀赣地区的经济文化仍然相当落后，非汉民族人口较多。赣州有被士大夫称为'鬼类'的木客，汀州更是山都、木客丛萃其中。"各地方志文集也有记载，"山都"是西晋以后聚集在赣南、闽西，以及粤东的土著居民。他们始于西晋，多见于唐宋，依稀见于明清。客家学研究专家、龙岩学院教授兰寿春在《福建客家古代文学作品辑注》著作中提出："唐代汀州原住民山都（古越族一支）具有在大树中巢居、能通人言、自为婚配等生活特点。汀州开发初期，客家先民还与原住民发生过激烈冲突。"龙岩市方志委"闽粤赣互动视窗发展区"网站转载了《闽西设治始于唐》一文，把这场激烈的冲突描述得更详尽些："史书记载了陈剑与州治的另一番情景。1000余棵高大、挺拔的大树被哗哗砍倒，树上瘦小黝黑的野人四散而逃，他们是山都。今天，长汀县城北山、博物馆、长汀一中内留存的古枫、古松、古柏、古樟，它们大多被鉴定为唐树。"

可见，陈剑开发汀州，驱赶了不少汀州的原住民——山都。北宋李昉所著的短篇小说集《太平广记》编入了唐代学者包湑的小说《汀州山魈》，记载了继陈剑之后的汀州刺史元自虚因火烧山都，整个家族受到山都残酷报复的故事。这些，都体现了陈剑时代，客家山民与山都杂居的汀州历史。

开发汀州

唐代汀州的原住民，除了山都，更多的是生产方式更进步的土著先民。有史载陈剑迁州与当地钟氏的冲突故事："在钟氏族谱里，陈剑与久居于白石村的钟氏族人发生了冲突。经过谈判，钟氏族长钟礼向官府让地。而钟氏晋朝第七代马氏夫人墓在卧龙山南坡保留下来，后世俗称钟屋地。"每年春秋，钟氏族人都要派人祭祀扫墓。《钟氏溯源世系概述》一文记载了陈剑迁州白石村，源于"两个马氏葬在一起，更使名墓闻名遐迩，沸沸扬扬。远在长安的唐朝衙府也有所闻。府衙遂移命在此筑府城以镇之"。结果，势单力薄的钟氏族人无力与朝廷抗衡。陈剑从赣州东、福州西与潮州北带来逃荒的几千户州民赢得了胜利。

听闻改址汀州并非陈剑的本意。对待当地土族人，他也没有赶走，而是一同安顿。只是府衙县衙建成启用后，钟氏名墓和祖屋也消失了。这就是钟姓谱史上发生在唐朝的著名"迁坟事件"。难怪，汀州至今还流传着一句俗语："未有汀州府，先有钟屋地。"

开发汀州并非易事，陈剑花了整整十年的心血。客家《钟氏族谱》载："公元 769 年，汀州府衙和长汀县衙同时施工，历时十年。面对强大的压力，钟氏一门不敢抗命，于是抛售全部产业，并将六十亩田地全部捐给附近的开元寺。钟礼在忧郁中死亡，其子叔兄弟先后迁出汀州，……走时留下一首诗句：'汀州府衙妣坟堂，长汀县衙祖屋场，惟愿子孙存方寸，随居处处世荣昌。'"由于历史久远，陈剑任职汀州刺史的时限，史书没有记载，但从这里可以推断，他在汀或许有十年之久。钟氏的退让，为汀州的发展与钟氏家族的壮大，客观上都做出了贡献。汀州从此成为闽粤赣边陲的要冲和物资集散地，以及福建西部的政治、经济、军事、文化的中心。由此而引发的一场钟姓大迁徙，也使这个姓氏迁往福建上杭南阳、回龙，江西信丰、于都、赣县、宁都等地，开枝散叶，更加壮大。

修筑城墙

1993 年版《长汀县志》载："迁州治后，陈剑倡导治理瘟疫，发展农业，并建立城池,以防外扰。从此,汀州日趋繁荣,百姓安居乐业,繁衍生息。"当代客家研究专家张鸿祥在《守望客家》专著里描述得更翔实:"陈剑用了三年的时间,沿江修筑了土石城墙,并建了州署,置了民宅,造了寺塔,全城上下,好不忙碌。一时间,衙门林立,屋宇参差,商肆毗连,其规模档次大有气派。"汀州气象从此一新,陈剑因此"民皆德之"。

长汀人民最骄傲的汀州古城墙,就是始建于唐大历四年,至今已有一千二百多年历史。陈剑迁州后,一边建设府衙、县衙,一边筑土为城、始筑城墙。他到底修筑了哪些城墙、城门,今已无从考证。千年之前的土建筑,也经不起岁月与风雨的侵蚀。至唐大中十三年(859),汀州刺史刘峻增筑了179间御敌楼,筑子城,称为"雄镇"。到宋代治平三年(1066),汀州太守刘均第一次大规模扩建汀州城,墙城周长"五里二百五十四步",并开辟了六道城门:东北是兴贤门、东面是济川门,西面是秋成门,南面有通远门、鄞江门与颁条门。明朝洪武四年(1371),汀州郡守笪继良"撤郡城增县城合郡县为一",土城全部包以砖石,建女墙一千一百九十五丈。建城墙约4000米,并将土城墙全部包上了砖石。将"兴贤门"改为"朝天门","济川门"改为"丽春门","秋成门"改为"通津门","通远门"改为"镇南门","鄞江门"改为"广储门",还关闭了颁条门。到了明代弘治十一年(1499),又建了"广储门"和"丽春门"的两个门楼。明崇祯九年(1636)增修城墙六百七十五丈,实现了府县城墙合一,城墙两面砌砖,"周围1283丈,高2丈2尺,雉堞2100余"。

由于城市扩大,城墙外移,广储门两边的城墙自然移作他用,更多作为民宅用地,故只留下"老城墙脚下"的地名。经过各朝各代的包砖、扩建,如今,汀州古城墙总长达4119米,基本保存完好,成为长汀悠久历史的见证。它犹如一条"观音挂珠",顺着卧龙山山势两侧延伸而下,汇合于汀江之滨,形成城中有山、山中有城的独特格局。这不仅是长汀一道靓丽的风景,更铭刻着汀州悠久的历史与深邃的文化。难怪宋代汀州太守陈轩将它描述为:"一川远汇三溪水,千嶂深围四面城。"明代方志学家何乔远在福建省现存最早的完整省志《闽书·方域志》中赞叹它:"前直圆峰,后枕卧龙。一川迅急,汇乎三溪。千嶂重复,环夫四面。其形胜也。"

21世纪初,长汀老人游炳章邀集了几十位60至90岁高龄的退休干部,成立"汀州古城墙文物古迹修复协会",发动民间力量修复家乡的城墙。他们不顾艰辛,十几年如一日,集资数百万元,修复了古城墙城楼、烽火台,新增亭阁道路,开辟了龙潭公园。2012年,游炳章当选为第五届"薪火相传——中国文

三元阁

化遗产保护年度杰出人物"。《中国名城报》《福建日报》等报纸称他是"挺起汀州古城墙的脊梁"。2013年，汀州城墙被国务院公布为第七批全国重点文物保护单位。2014年，长汀县政府重修了水东桥畔的城门，恢复成宋代济川门的旧貌。如今，这座宏伟的济川门再次屹立在了长汀的水东桥头，将汀州古城墙东南两面的朝天门与惠吉门等城门连接了起来。

汀州，古有陈剑建立城池，成为汀州筑城第一人。《临汀志》评价他"其名虽不载于史，长者相传，与汀相为长久云"；今有"老愚公"游炳章等民间热心人士与政府共同出力，圆了家乡人民修复古城墙之梦。此乃长汀之幸也！

陈氏始祖

陈剑不仅是开创汀州辉煌历史的功臣，还是汀州陈氏的始祖之一。2004年《长汀姓氏志》有载，长汀陈氏共四万多人，人口排在全县第二（长汀第一大姓是刘姓）。它有三大支系，源头分别是唐朝入闽的陈雍、宋末入闽的汀州太守陈魁以及陈魁的堂弟陈群。史料证明，陈剑属陈雍支系。他是中原最早——晋永嘉二年（308）入闽始祖、散骑常待、南海郡守陈润的第十六世孙，兴化（今福建莆田）始祖、散骑都尉、莆田县令陈迈的第五世孙。他的后裔遍布海内外，达百万人。至今，汀州八县陈氏仍尊他为入汀始祖。陈剑本人也终老于汀州，坟茔原葬在长汀县城塔山。碑文上刻着"唐汀州刺史祖考讳剑陈公之墓"。后来因城市扩建而两次迁坟。1990年，由陈氏宗亲集资迁入城东大同镇黄屋村的后山安葬，现为长汀松鹤陵园内的汀州三公陵园。

为了纪念陈剑的功绩，宋元时期，陈氏宗亲在汀州南大街的社下角建了一座陈氏宗祠，历经明、清、民国，作为陈氏会馆和议事场所。新中国成立后，宗祠改建为县看守所。2005年，这块土地被县里收储，成为一块空坪。陈氏后人多次要求恢复陈氏宗祠。2013年，国际影星成龙将一栋收藏了20年之久的徽派古建筑捐赠给长汀。之后，县政府把古建筑安置于此，命名为"龙学馆"，同时，还规划建设先贤祠、藏书阁等建筑，共同构成长汀宋代书院——"卧龙书院"的恢复重建工程。目前，"龙学馆"、迎宾楼、藏书阁已完成主体工程，预计2020年可对外开放。到那时，汀州后代以及各地游客到此观光旅游时，不仅会想起历代诸位先贤，应当也会共同纪念陈剑——这位开拓了闽西历史上第一座城市的唐代汀州刺史。

遭遇山都的元自虚

中唐时期，被贬谪到汀州任刺史的文人有好几位，唐朝著名的乐府诗人张籍的好友元自虚便是其中之一。

元自虚何时任汀州刺史？清乾隆版《汀州府志》有载："元自虚，旧志唐元和中任，省志作'开元'。以张籍诗考之，当从旧志。"1993年版《长汀县志》关于历代刺史、知州、总管、知府的人物名表记载，也把元自虚任职汀州刺史的起任时间确定为"元和间任"。

唐朝中叶的乐府诗人张籍（767—830），是元自虚的好友。他运用比兴的手法，留下了以男女情感委婉地抒发自己政治志向的千古诗句"还君明珠双泪垂，恨不相逢未嫁时"。就是这样一位著名诗人，曾赠诗元自虚《送汀州元使君》："曾成赵北归朝计，因拜王门最好官。为郡暂辞双凤阙，全家远过九龙滩。山乡只有输蕉户，水镇应多养鸭栏。地僻寻常来客少，刺桐花发共谁看？"诗中的"郡"正是临汀郡。在张籍的想象中，汀州是个产有香蕉、刺桐的蛮荒之地。其实，香蕉多产于漳州，刺桐树种植在泉州。可见，千年以前的唐代，不用说崇山险滩的汀州，就是整个福建，长安人都不甚了解。这首诗让我最感兴趣之处，还是如今划归三明市的清流县。因为，张籍笔下的"九龙滩"——福建最著名的险滩，便在当年汀州辖内的清流。清流作家江天德根据这首诗，写了一个"清流溪鱼"的故事：传说在唐宪宗元和年间，张籍千里迢迢来看望好友——汀州刺史元自虚。他从北方入闽至延平（今南平），溯沙溪及燕江而上，过清流九龙滩，宿沙芜洞口村。元自虚得讯大诗人张籍要来汀州，特意带了厨子赶到九龙溪迎接。两人在清流游览数日，游山玩水，赏景吃鱼。张籍写下《送汀州元使君》一诗，还为清流人用老酒蒸鱼的一道菜肴，取了"清蒸鱼"的菜名。从此，这道菜成为清流人的家常菜，一直流传至今，并闻名全省。

那么，张籍到了汀州没有？还是只在长安为元自虚送行？如果到了清流，元自虚为何到清流设鱼宴，而不是在汀州的州所在地长汀接待好友？千余年过去了，这些已无证可考。不过，这首自然清新的七律诗，证实了元自虚曾任汀州刺史的史实，也体现了两位诗人之间的情深谊重，更让建立不到百年的汀州，第一次进入了中原文人的视野。张籍，无意中成为历史上最早提升汀州知名度的功臣。当代文史专家、龙岩师专教授郭义山对元自虚等几位贬谪到汀州的唐代刺史点评得当："他们远离都城，千里跋涉，雨露风霜，遍尝宦途的险恶和人世的酸辛，是不幸；然而地以人重，人杰地灵，他们远谪而来，却为古老荒僻的汀州留下了值得称道的佳话。"当代作家、龙岩市文联主席王永昌在《寻找汀州》一文中，也高度评价了元自虚等文人刺史："正因为有了这衮衮诸公的到访，建置不久的汀州，竟然走进了煌煌唐诗巨匠的诗作之列，使后世学子能从诗作中读到汀州之名，这真是汀州之大幸。"

可是，汀州之大幸对于元自虚来说，不知是幸还是不幸。北宋初年，李昉等十二人奉宋太宗之命编纂，于太平兴国三年完成的短篇小说集《太平广记》，共500卷，编纂了6970个志怪性质的故事。其中，编入的唐代学者包湑的小说《会昌解颐录·汀州山魈》，详实地记载了汀州刺史元自虚因火烧山都，整个家族受到山都残酷报复的故事。这则故事近500个字，翻译成现代文，大意是：开元年间，汀州刺史元自虚来到郡部，众官都来拜见。有一个人，年近八十，自称萧老，说："我一家几口人，住在这宅中许多辈子了。还好，没有侵占您的厅堂。"说完，就不见了。从此以后，凡是有吉凶之事，萧老都会提前来报，十分灵验。偏偏元自虚为人刚正，常不信邪。不久，他的家人常在夜里见到怪异的现象：或者看到有人坐在房檐上，脚垂到地上来；或者看到三三两两的人，在空中行走。家人对元自虚说："曾听说厨房后面的空屋子是神堂，以前的人都用香火敬奉。如今不这样做，所以妖怪才现出这些怪异来。"元自虚很生气，更不信。忽然有一天，萧老来拜见元自虚说："我现在要出远门去访一位亲友，把数口之家托付给您了。"说完就走了。元自虚向老吏请教这件事。老吏说："曾听说，大人堂后的枯树中有山怪。"元自虚就让人堆积柴薪和树一般高，点火焚烧。听到树里有喊"冤枉"的声音，惨不忍闻。一个多月之后，萧老回来了，穿着白色衣服哀哭道："出远门不几天，把妻子儿女委托在贼人之手。如今四海之内，只剩下我一人了。我应该让你知道知道我的厉害啦！"于是就从衣

元自虚与山都斗争

带上解下一个小盒,像弹丸那么大。他把盒扔到地上说:"快离开,快离开!"元自虚俯身把盒拾起来打开,见里面有一只小老虎,才苍蝇那么大。元自虚想捉到它,于是它跳到地上,已经长到几寸长。它连跳不止,不多时变成一只大虎,跑到中门里,将元家大小一百多口人全都咬死后不见了。只剩下元自虚孑然一身。

其实,不仅唐朝,传说在南北朝时期,著名科学家祖冲之在志怪小说集《述异记》里,也记载了江西赣县的山都火烧房子的故事。不过该书早佚。那么,如此厉害的山都究竟为何物呢?当代福建上杭籍作家李迎春在《我们与山都木客》一文中提及:小时候,大人经常跟我们讲的野人"绒家",或许就是山都。随着客家学研究的不断深入,近年来关注研究山都、木客的学者也越来越多。其中,这方面的开拓者——厦门大学历史系蒋炳钊教授,在《古民族"山都木客"历史初探》一文中指出,"山都和木客是一个民族",是中国古越民族的一种。更不可思议的是,山都还有属于自己的语言、习俗、文化,甚至是诗歌。历朝历代关于山都的诗文还不少。《全唐诗》收入过一首:"酒尽君莫沽,壶顷我当发。城市多嚣尘,还山弄明月。"宋代大文豪苏东坡在《苏轼全集》中记载了自己与黄庭坚等诗人讨论这首诗的过程。之后,他还在《虔州八境诗》写道:"谁向空山弄明月,山中木客解吟诗。"唐朝诗人白居易在《和微之春日投简阳明洞天五十韵》中,写道:"山魈啼稚子,林狖挂山都。"明代袁宏道的《新安江》诗描述:"山都吟复笑,猩语是耶非。"清朝王士禛在《泰和道中寄陈说岩都宪》诗里描写:"木客山都人比舍,功曹主簿鸟多名。"

当代《海峡旅游》杂志的"闽地神鬼录"专栏发表了《山都木客:人鬼难分的诗歌种族》一文,提出:从文献记载看,赣闽粤边山区,汉初曾经存在一个南海国,属于古越民族的一支。隋唐之际,该地的主体居民是畲族先民。唐末以后,又迁入大量客家先民。因此,从汉晋持续到宋代的众多有关山都木客的目击报告,主要指向这三个族群:要么是古越族的后裔,要么是畲族或客家的祖先。中华俚僚文化旅游网的《"山都木客"是人还是野人?》一文也写道:"千百年来,'山都木客'像一幅忽明忽暗的迷影,吸引着古今中外多少人的心,正确的谜底还有待于探索者们的共同努力。"

蒋防与《霍小玉传》

"几欲高飞天上去,谁人为解绿丝绦?"如此佳句出自唐代汀州刺史、一流的小说家、《霍小玉传》的作者蒋防。

蒋防(792—约835)字子徵,一作子微,义兴(今江苏宜兴)人,自小出生在江南的蒋氏望族。年少时聪慧好学,青年时才名远扬。18岁那年,父亲的朋友来他家做客,以《秋河》为题,想一试他的才气。蒋防立即提笔作赋。现今仍留下"连云梯以回立,跨星河而径度"的佳句,刻画出秋夜银河之美,以及牛郎织女相见的场景,一时广为传诵。清乾隆版《汀州府志》载:"蒋防,长庆中,以元稹、李绅荐,为翰林院学士。"唐宪宗元和年间(806—820),蒋防来到首都长安,结识了浙江老乡李绅。李绅久闻他的才名,命他以《鞲上鹰》为题吟诗一首。蒋防稍做思索,口占七绝一首,吟出了"几欲高飞天上去,何人为解绿丝绦"的远大志向,赢得李绅的赏识。李绅与元稹共同推荐他为司封郎知制诰。29岁升为翰林学士,进入朝廷的政治中心。此时意气风发、欲展翅高飞的蒋防,怎能预料自己的前途命运与政治斗争紧紧地拴在了一起?

司马光《资治通鉴》有载:"长庆四年二月,癸未,贬绅为端州司马。丙戌,贬翰林学士庞严为信州刺史,蒋防为汀州刺史。"在唐文宗感慨"去河北贼易,去朝廷朋党难"的长达四十年的"牛李党争"政治漩涡中,李绅遭到了排斥,蒋防受到株连。长庆四年(824)二月,32岁的蒋防被调出京师,贬为汀州刺史。第二年改任广东连州刺史。三年后调任袁州(今江西宜春)刺史。之后一直郁郁不得志,终其一生未能实现远大的政治抱负。据李绅的《趋翰苑遭诬构》诗注推测,蒋防应卒于大和五年至九年(831—835)间,43岁前就离开了这个让他又爱又恨的人世。

政治上的时不我与，令蒋防郁郁寡欢。但他没有想到，恰在意料不到的领域，自己获得了最大的成功。蒋防的恩师是著名诗人李绅，写出了"四海无闲田，农夫犹饿死""谁知盘中餐，粒粒皆辛苦"的《悯农》诗。另一位恩师元稹，著有"曾经沧海难为水，除却巫山不是云""诚知此恨人人有，贫贱夫妻百事哀"等千古诗句，还创作了传奇小说《莺莺传》，后来被元代著名杂剧作家王实甫改编为杂剧《西厢记》。这两位老师与白居易一起，共同组成了中唐诗坛新乐府运动的倡导者。就连那位献诗《上翰林蒋防舍人》，期盼受到蒋防青睐的进士朱庆馀，也是凭借一句"妆罢低声问夫婿，画眉深浅入时无"而著称的诗坛高手。

身边诗人云集，蒋防的诗文在当时自然也颇有名气。《全唐诗》与《全唐文》就收录了他的诗赋杂文三十余篇。他的赋真情动人，在《湘妃泣竹赋》里，这位感情丰富的诗人铺叙了历史传说中湘妃哀婉动人的爱情故事，抒发了"至哀必感，有怨必通"的情感体验。而他的勤学博识，则源于对光阴之珍惜。他在《惜分阴赋》里颇有感触："君子自强，惜分阴于短刻，其硕学于缣缃。"当然，勤奋是为了实现理想："庶立功而立事，故不惌而不怠。"在《萤光照字赋》里，他赞扬聚萤为灯的夜读"可以穷永夕，可以佐残灯"，还强调读书要"沉研"和"专精"。据蒋氏后人考证，《蒋氏宗谱》永思堂一系也是在他手上最早完成修编的。

不过，蒋防在文学史上的地位还是因《霍小玉传》而确立。它突破了神仙鬼怪的传统题材，直接写了诗人李益与歌妓霍小玉相恋，之后李益变心，小玉死后化为厉鬼，李益终身不得安宁的爱情悲剧。小说在当时广为流传，远在四川的杜甫也作诗《少年行》："黄衫年少宜来数，不见堂前东逝波。"明代知名戏曲大家汤显祖十分喜爱这个故事，取之素材，改写成经典名著《紫钗记》而流传于世。当代中华书局编审顾青在《中国小说史》中，评价它堪称"唐传奇全盛阶段的最后一座高峰"。《霍小玉传》言简意赅，全文数千字，融小说与诗文的创作经验于一炉。小说艺术性强，表现出作者对"多情女子负心郎"的强烈爱憎。蒋防自己总结为："风流之士，共感玉之多情；豪侠之伦，皆怒生之薄行。"它的创作时间有两种说法。当代文史专家卞孝萱、王梦鸥与傅锡壬提出它不仅是一篇凄美的爱情小说，更是早期党争的攻击型传奇作品。如果这种说法成立，它应创作于长庆四年二月前，即蒋防谪贬汀州刺史之前的唐宪宗年。正因为政治斗争的失败，蒋防一干人才同遭罢黜。另有一种说法，张应斌等人认为蒋防不可能把笔锋对准同朝任要职的李益。故而小说中的李益要么是虚构

蒋防与《霍小玉传》

的人物，要么只可能在李益死后，蒋防离开长安时才开始创作。

遗憾的是，不管哪一种结论，蒋防的命运并不比自己笔下的人物好多少。到汀州任职的这一年，是蒋防从人生高峰跌至谷底的历练时期。此时，汀州建州不足百年，正值百废待兴。然而，我们猜想，蒋防更多的功课却用于自我疗伤。在丁居晦的《重修承旨学士壁记》里，我们仿佛看到时不我与的情绪在蒋防心中挥之不去，郁郁不得志的泪珠一次次地流淌过他遗恨的脸庞。幸而，汀州的山水令他逐渐恢复了些许元气。之后在连州任刺史的三年，他才开始把目光投向疏通河运、筹建学宫、整修古迹等地方政绩上，并挥笔写下了《飞咏亭摩崖铭》《留题桂州碧浔亭》等诗文。在《静福山碑铭》里，他留下了"长庆末，余自尚书司封郎中知制诰、翰林学士，得罪出守临汀，寻改此郡"的简要自传。

当代文史专家马卡丹、天一燕在文史著作《闽西文学史话》里点评道："蒋防在汀州的诗作未见存世。《霍小玉传》是否写于汀州，亦无可考。但作为一位著名文人，蒋防在汀州的足迹，引起了后世文人的关注与寻觅，对初创阶段的闽西文学，无疑也会有积极的影响。"这个观点，相信多数人愿意接受。

时至今日，人们仍没有忘记这位诗人。2013年，根据汤显祖的《紫钗记》剧本改编的电视剧《紫钗奇缘》亮相银屏，让我们又一次回想起一千二百多年前李益与霍小玉的爱情悲剧。怀古多从幽寂来。站在汀州古城墙上，听滔滔的汀江拍打河岸，我不由得心生感慨：芸芸众生，后代记住了几人？凭借年轻时一部率性之作，才子蒋防与他凄美的故事足以在史册上熠熠生辉。若干年后，我辈又有谁，能在家乡的史书留下那或浓或淡的一笔？

开闽圣王王审知

唐朝末年，中原战火纷飞。有一位文武双全的风云人物，他和两个哥哥从河南固始出发，率领十八姓将领、五十姓义军南下、除暴安民、血捍南疆、平定八闽，并以修齐治平、海纳百川的仁风德政与治世方略，改写了公元9世纪末到10世纪初，福建这一乱世荒蛮之域军事割据、民不聊生的历史。用中原的河洛文化和农耕文明，开创了八闽大地的历史新纪元。他就是先后被封为"琅琊郡王""琅琊王""闽王""八闽人祖"开闽功臣，五代十国时期闽国的建立者王审知。他世代受百姓传诵。我的家乡汀州人民亲切地唤他"公太"，即汀州人共同的祖先。

受封闽王

王审知（862—925），字信通，又字详卿，河南光州固始（今河南省固始县分水亭乡王堂村）人。少年时喜爱读书，抱负很大。唐末农民起义，王审知跟随兄长王潮、王审邦投奔起义军。唐光启元年（885）随兄入闽，先后担任威武军节度使、中书令、福建大都督长史、闽王等职。景福二年（893），汀州钟全慕以及山区、沿海等处游散的武装力量都相继归顺，全闽得到统一。乾宁四年（897）王潮去世，王审知将职权让给二哥王审邦。王审邦认为王审知有功，推辞而不接受。王审知于是嗣位，自称福建留后，上表告知朝廷。光化元年（898）三月，朝廷任命王审知为武威军节度使、福建观察使，累迁至检校太保、同中书门下平章事，封琅琊王。天祐四年（907），后梁太祖朱温升任王审知为中书令，封闽王。

当时，各地群雄纷纷割据称王，部下劝王审知立闽国称帝。他却力排众议，始终尊奉中原王朝为正统："我宁为开门节度使，不做闭门天子。"在位时，他选贤任能，减省刑法，珍惜费用，减轻徭役，降低税收。百姓得以休养生息。闽同光三年（925），64岁的王审知病故于福州，谥"忠懿王"。后唐长兴四年（933），王审知第二个儿子王延钧称帝，追谥他为昭武孝皇帝，庙号太祖。这位生前不做皇帝的王审知，死后被追奉为五代闽国的开国皇帝。王审知入闽29年，保境安民，发展生产，修筑道路，兴办义学。在五代十国这样一个混乱的年代里，福建出现了"千家灯火读书夜，万里桑麻商旅途"的升平景象。他开辟的福州甘棠港，成为福建最早的海上丝绸之路。官民为感恩闽王的德政，为他建了闽王祠、白马庙，春秋恭迎轮值，祭祀不绝。

仁义爱民

汀州人民牢记并感恩王审知。当年王潮统一福建时，境内还有20余股独立武装。这些人多是饥民起义，或是据险自保的乡族势力，并无太大野心。乾宁元年（894），闽西黄连峒（今宁化县南部的潭飞磜）共有两万余名饥民围攻汀州。王潮派弟弟王审知带兵前去招抚。王审知深知这些人多以自保为主，不宜用武力解决。于是他亲自带兵到现场，严禁官兵诛杀，安抚占据崖穴的那些饥民道："吏实为虐，尔复何辜！"在王审知的抚恤下，饥民解除了武器，汀州得以解围，老百姓有了安定。之后，20余股武装势力有的接受招安，有的自行解散，汀州进入了"时和年丰，家给人足"的安居乐业局面。

王审知的白马庙源于两种说法。一种说法是他身材高大，体魄健壮，隆额方口，喜爱披白甲、穿白袍、骑白马，军中人称"白马三郎"。另一种说法源于《资治通鉴》："审知性俭约，常蹑麻屦，府舍卑陋，未尝营葺。宽刑薄赋，公私富实，境内以安。"《新五代史》也载："审知虽起盗贼，而为人俭约，好礼下士。"人们敬重他"劳不坐乘，暑不张盖"，累了不乘车，天热不打伞，仁义爱民，勤俭节约，故称"白马三郎"。长汀城区也有两座白马庙。每年正月初十，县城都有迎白马公王的习俗。清乾隆版《汀州府志》载："白马庙，在郡治预备仓后，闽越王常乘白马，死后民思祀之。又有小庙在十字街。"民国版《长汀县志》也载："白马庙，在县仓后，祀闽越忠懿王，即王审知也……又有庙在十字街中。"县仓后，即北山麓仓下，今长汀一中内的白马庙，在民国初期已经废弃了。另一座建于十字街（今兆征路）与横岗岭交叉路口的白马庙，后改建为南门粮店,现在成了移动公司的一个门店。这座庙旁边的小巷,就叫"白马巷"。

王审知去世后,二十几个子侄为争夺王位而战乱不断。据《十国春秋》载,王审知共有二十八个子女,部分子女没有记载,其中,第九个儿子王延喜担任过汀州刺史。明嘉靖版《汀州府志》、清乾隆版《汀州府志》与《八闽通志》则记载五代时期的八位汀州刺史中有四位姓王:王廷宗、王继业、王延政、王延喜。其中王廷宗是王审知第十三个儿子,人称十三郎,于后唐天成间(926—930)任汀州刺史,即在原汀州刺史钟翱辞官隐居后的继任者。王继业是王廷宗的儿子、王审知的孙子,于后晋天福元年(936)任汀州刺史;王延政、王延喜分别是王审知第八、第九个儿子,于后晋天福间(936—943)任汀州刺史。明嘉靖版《汀州府志》、清乾隆版《汀州府志》均把王廷宗、王继业这父子俩列为名宦:"王继业,父廷宗为汀州刺史,继业复为守。父子相继,俱有治绩。"而王延政、王延喜兄弟俩人在战乱中没能做出多少功绩。

王审知崇信佛教。1993 年版《长汀县志》提到了王审知、王继业对长汀佛教发展的影响:"五代时(907—960)闽王王审知及其家族笃信佛教。在政治上、经济上给予僧侣优厚待遇。福建增建佛寺 267 座。几年间,官方发给度牒的僧尼达 3 万多人,一时福建有佛国之称。在此期间,长汀也增建佛寺 20 座,有报恩光孝禅寺、东禅院(苍玉洞)、南山同庆禅院等,僧尼千人以上。汀州刺史王继业,在衙内大厅塑十八尊者和五百罗汉像。随后在汀创建罗汉院、法林院等。罗汉院盛时有僧百余人。此为长汀佛教鼎盛时期。"

开闽圣王

王审知三兄弟从河南光州固始入闽,在福建成就霸业。千年之间,闽王后人遍及海内外,人称王审知为"王氏闽台祖"。目前,台湾有近 50 万名王审知后裔,福州长乐的王氏全部认定是王审知的后代。2009 年版《长汀县姓氏志》有载,长汀王氏近 2 万人,除了新桥镇的王姓族谱已失传外,濯田镇与四都镇的王姓多数是以琅琊王王审知为始祖的琅琊堂。濯田镇中坊村的王氏家庙,始祖就是琅琊王王审知。它始建于元代大德年间,距今 800 余载。清乾隆二十年(1755)至今多次维修、重建。《濯田镇志》及清乾隆年间《中坊王氏族谱》载:该庙为闽王王审知第七代裔孙王八郎祖祠。祖祠内供奉有王审知的神位,厅堂上方悬挂"八闽人祖"的牌匾。相传北宋赵匡胤得天下后,因敬仰王审知

汀州府城隍庙

入闽后治闽德政，于北宋天宝七年（974）下诏重修"忠懿王祠"，并御笔亲书"八闽人祖"，以额其庙。省内闽王后裔争相效仿。闽王王审知裔孙王百三郎于南宋绍兴年间迁居濯田，王审知的七世孙王八郎于濯田中坊开基后，睦族和乡，深得乡邻敬仰，其后为播扬祖德，遂于元代初期建此家庙，并效仿当年立了"八闽人祖"的匾额。

客家研究专家、汀州籍李文生在《汀州在客家文明中的地位与作用》一文中指出，第二次客家先民的大迁移主要在唐末五代，源于"黄巢之乱"和王审知的"厚礼延纳"。这时期，长江流域的安徽、江西一带的客家先民在此大规模南迁，进入汀江流域。909年，自王审知被封闽王后，一批又一批汉人携带家室，不畏艰辛，分几路入闽为王审知效力。当时，中原士族入汀者数以十万计，他们有感于王审知顺时应人之举，在汀江畔的汀州城筑白马庙，奉祀王审知。这时期是汀江流域人口猛增时期。从唐末以来迁到汀江流域的姓氏有廖、郑、温、陈、王等二十六姓。中原大批姓氏入闽并定居汀州，为客家民系的诞生奠定了基础。

2009年是王审知诞辰1150周年。在福建省民政厅的批准下，福建省王审知研究会在福州成立。该研究会由福建省社科联直管，以"弘扬开闽圣王精神，传承王氏血脉文化"为宗旨。94岁的上杭县才溪乡籍王直将军，福建师大音乐系主任、长汀县濯田籍王耀华教授等客家名人被推选为名誉会长。该会出版了记载王审知历史功绩的书籍《开闽圣王大典》，还与福建省实验闽剧院联合打造了闽剧《开闽王审知》。

汀州公太

唐末至两宋以来，客家先民越过武夷山南麓进入闽西，与当地土著、少数民族交融，逐渐形成了独具特色的闽西客家文化，并经过元明清的不断发展，传播至粤东等地、港澳台地区，并走向世界。

在古汀州长汀与连城交界的河源十三坊的客家先民，将王审知神化为"蛤蚧"投胎，称之为蛤蝴侯王。清代汀州学者杨澜在文史书籍《临汀汇考》中载，长汀宣河里与连城河源里交界处，旧传里人彭某自泉州分来玲珑王香火在今洋坊村头上关庙，后人祈祷辄应，二邑十三坊立庙于此。明朝初年，河源里十三乡都以农历二月初二为庙会活动日期，轮流祀奉"蛤蝴公太"。宣河里吴家坊《吴氏家谱》载：明弘治三年（1490）肇祀，原蛤蝴两字虫旁。清康熙年间理学家、新泉乡贤张鹏翼认为既是侯王，以"虫"字为偏旁显得不尊重，于是改为"玲珑公太"。当代闽西籍作家张惟在《话说闽西、闽南支系文化的源流和表征》文章中提到："王审知经汀州入闽，长汀建有白马庙，连城建有蛤蝴庙祀之。至今连城父老相传，祖先有一支是随王审知到此。建于河源十三坊的玲珑庙，殿堂巍峨，香火最盛。"

汀州客家民俗以其古朴和浓郁的乡土气息而为人瞩目，其中，迎公太、游大粽等，就是贯穿全年的民俗活动。迎公太正是为纪念"公太"王审知而举办。十三坊中最早参加轮流祭祀玲珑公王的姓氏，据说都是王审知当年从河南固始带来的姓氏，所以有"福建人的祖先在河南"一说。长汀的汀州闽王庙位于南山镇南山村的半溪峒，在1915年西山桥头所建珨瑚庙的基础上，于1981年为纪念开闽闽王王审知而选址重建。庙宇约8000平方米，造型雅致、古朴大方，富有中国南方典型的寺庙建筑风格。

河源十三坊的"扛公太"被誉为"天下第一神会"，包括有长汀、连城两县交界的曹坊、吴家坊、文坊、朋口等地，后来范围扩大到长汀南山的桥下、钟屋村、涂坊、元坑、河田的伯公岭以及童坊等地。他们每十三年轮流祭祀珨瑚公王，从明代中叶沿袭至今已一千多年。恭迎公太非常隆重。进公太的村落要举行盛大的灯会，村中男女应避开婚姻大事。公太老人安置在各家祠堂，儿童扮成八仙竹马去迎接。成百上千杆旌旗飘舞，铳炮撼天动地。数万名客家乡亲赶来踩街。各村派出数百辆花车车队。沿路的家家户户供奉三牲、果品。白天文艺表演队边走边舞，晚上搭起戏台唱戏。彻夜的游花灯，彻夜的猜拳喝酒，场面热闹而壮观。当代文学评论家、连城朋口人傅翔盛赞道："公太祖庙，敬奉王审知。闽王从人到神，盖此处独有？有年代的古建筑，非一日之功，穹顶可不一般啊，值得保护也。"

中原古老的民间娱乐活动就这样代代相传，与汀州原有的民间娱乐形式融为一体。各地祭祀闽王的仪式，逐渐演变成王审知文化艺术节的民俗活动。各地的亲属、朋友借机探亲访友、喝酒娱乐、喜庆非凡，不仅增进了各村友情，又促进地方稳定与发展。据史载，长汀与连城的这片区域，历史上从未发生过械斗事件。对当代福建的开发和建设同样立下历史功勋的福建省委原书记、连城人项南，生前曾挥毫疾书颂扬王审知："避战乱，施廉政，福建有福；开海禁，富山林，功盖八闽。"其实，只要是历史上对汀州做出了贡献，对客家付出了情怀的人，同样都是深受家乡百姓爱戴的"客家公太"。

十三坊扛公太场景

祖孙刺史钟全慕、钟翱

历代的州官,职能相同,称呼却不一样。比如,唐朝、五代的刺史,宋代时称知州,元朝改为总管,明清至民国初年又称为知府。汀州刺史,有史可载的共21人。其中,祖孙两代担任汀州刺史的,当属唐朝的钟全慕、钟翱。

骁勇善战　秉公勤政

《钟姓家谱》有载,钟全慕(847—915),唐代人,本名钟盛,字全慕,又字长儒,从唐宣宗大中元年到后梁贞明元年,享年69岁,葬于浙江处州(今浙江丽水市)。他是春秋时期越国太宰伯嚭次子钟接的第37世孙,原为南平王钟传之部将,于唐僖宗元年(885)从河南入闽,随王绪义军入汀,任节度使、汀州刺史长达30年(885—915)。《新唐书》载,景福二年(893),"建州刺史徐归范,汀州刺史钟全慕叛附于王潮"。王潮是王审知的哥哥。后梁篡唐,于904年封王审知为闽王。《长汀县志·循吏传》亦载:"钟全慕,唐昭宗时(889—904)为刺史。王审知喜其骁勇有谋略,分汀州使守之,祀名宦祠。"可见,钟全慕是随王审知自中原光州渡江南下入闽的大将,唐朝时担任了都统使。闽王王审知时代,因骁勇善战、有勇有谋,担任了节度使、汀州刺史。任汀州刺史30年间,他为官清正,兴利除害,得到当地百姓的爱戴。汀州开元寺曾专门立有他的神位,供百姓奉祀。至今,长汀县博物馆还陈列着他的画像,展示他的英勇事迹。

钟翱(888—967),字翱,又字秉钧,名理政,号石村,是钟全慕的长孙。钟全慕的夫人马氏马福娘生有三子:仁德、义德、礼德。次子义德生了三个儿子：理政、朝政、礼政。理政就是钟翱。他经历了唐宋两代，从唐僖宗文德元年到北宋乾德五年，享年 80 岁，在当时实属高寿。南宋《临汀志》载，钟翱"生而雄武有膂力，善骑射，审知每奇之"。所以，五代十国的后梁贞明元年（915）钟全慕去世，王审知褒封钟翱继任祖父的职务，为都统使、汀州刺史。这一年，他才 27 岁。明朝《永乐大典》亦载："翱世守是邦，历年甚久，多创塔庙，捐田为粮，大邑僧舍，至今多奉钟令公祠。"可见，钟翱不仅武艺高强、善于征战，还秉公勤政，知人善用，修塔建庙。这祖孙两代历政 40 年，汀州四境安宁，百业兴旺。

战乱避世　隐居同睦坑

后唐天成元年（925），闽王王审知去世。长子王延翰继位。他个性骄傲荒淫，残忍凶暴，一年后，被弟弟、泉州刺史王延钧及王审知的养子、建州刺史王延禀所杀。928 年，王延钧当上闽王。为争夺王位，王氏兄弟争相拉拢汀州势力，汀州刺史钟翱左右为难。看到乱世中王氏兄弟为争王位而内乱不断，难有一片清静与平安之地，经过反复思考，钟翱毅然决定辞官致仕。926 年春，他与族人议定，将汀州城附近的田产全部捐赠给汀州开元寺。在当年农历四月十一日的良辰吉日，他率族人到卧龙山下祭奠祖墓，然后告别府地，沿汀江而下，经过一路奔波，来到距离汀州府城六十里的原始林区——井秋坑天空嵊下的"灯坑窝"。这里崇山峻岭、环境清幽，他们选在这里避世隐居定居。

临行时，钟翱让族人携带"三将公王"神像与祖传礼器同行。《长汀县志·循吏传》有载，钟全慕当年有三位部将，分别姓陈、云、傅。他们忠心耿耿，英勇善战，协助钟全慕保境安民，共创大业。后来，三位将军奉闽王命令，出征琉球征战沙场，并为国捐躯。为了纪念亲如兄弟的三位爱将，钟全慕在家中设了"三将公王"的神位。所以，钟翱迁徙不忘携带"三将公王"神像。他率领家人建房筑舍，垦荒造田，并将地名改为"同睦坑"，希望子孙后代和睦相处，同谋发展。他还将每年农历四月初十到十二日定为同睦村最隆重的节日。一是雕塑神像，世代奉祀，纪念"三将公王"；二是纪念钟氏族人隐居同睦坑的进村日。听闻他还赋诗一首："汀南灯坑好风光，造得庐栏胜过州。祝愿子孙代代旺，留传名誉播千秋。"

此习俗一直沿袭至今，庙里世代香火不断。笔者与同仁们曾前往濯田镇同睦村考察。只见"三将公王"庙青瓦屋面，土木结构，虽然小巧且墙体斑驳，

钟翱财产捐赠开元寺

但悠久的历史仍记录着钟氏先祖爱惜部将的高风亮节，记录着客家人千里迢迢，以客为家，定居汀州，组成客家民系的那段悠远的历史。

两代刺史　造福汀州

若真是这样隐居一生，想必就没有后面的故事了。就在钟翱避世的二十年间，五代十国的政局又多有变数。945年，南唐王李璟起兵伐闽，平定了八闽。为避免战乱，57岁的钟翱归顺拥立了南唐。两年后，为表彰他的赤胆忠心，唐王朝封他为金紫光禄大夫、上柱国。967年，钟翱去世，享年80岁。为追念他一生的功绩，南唐后主李煜追赠他为尚书令，相当于宰相级别。故《长汀县志·循吏传》载："钟翱，全慕孙，具经济，善骑射，继全慕为刺史，官至金紫光禄大夫。"

同睦村《钟氏族谱》亦载：钟全慕率军入汀后，成为钟氏接公支系的入闽始祖。钟全慕、钟翱这祖孙两人镇守、开发汀州近四十年。他们率军民披荆斩棘，开垦农田，兴修水利，修建州城，造福汀州百姓，功勋卓著。汀州的开元寺与汀州六邑的僧寺都立有"钟令公"塑像，供百姓奉祀。钟全慕去世后，汀州城内有两座全慕公祠，又名钟氏家庙。一座在北山下，名"敦睦堂"，另一座在蓆稿坪，名"追思堂"，可惜现在均不见痕迹。

钟翱去世后，葬在他生活了二十多年的同睦灯坑窝。他的墓葬规模宏大。1000多年来维修过两次。现存的钟翱古墓，是清同治三年（1864），由时任闽浙水师提督的上杭籍钟氏后裔钟宝三倡导捐资重修的，至今仍保存完好。1994年被列为长汀县文物保护单位。距坟墓约500米的古官道旁立有一块墓道碑，碑文上二十五个字，记录了他生前的五种官职："唐金紫光禄大夫上柱国累官都统使汀州刺史赠尚书令墓道。"古墓由石板条垒砌而成，碑文上刻着"刺史赠尚书令钟翱墓"，碑的两旁刻的是"忠、孝、节、义"四个刚劲有力的楷书大字。墓前各竖一对石狮和高达5米的盘石龙桅杆。墓碑有"恩荣"冠冕顶戴，气势宏伟。墓前一对碑联："典郡传芳绳其祖武，肇家启绪贻厥孙谋。"同睦村内还有钟翱祖祠。祖祠中保留九根大红木柱，象征已流向九州的九个子孙血脉，柱上刻有"两代刺史威震八闽功勋卓著，九杖宗亲业创五洲世泽绵长"等多副有名的古联。同睦村也成为客家钟氏族人的主要祖居发祥地之一。历年来，旅居马来西亚、新加坡等海内外的钟氏后裔，常常会来寻根问祖。2011年，同睦村还建了钟翱纪念园。

仁义礼智　积善成福

　　汀州客家人有着强烈的寻根意识与家国情怀，他们世代重视敬祖睦宗、忠孝廉节。每个汀州客家姓氏都十分重视本姓氏的族谱、宗祠、祖墓、祖图的修建、保存与传承。家规族训成为一个家族传承发展恒久不变的精神规则，是家风的基础。我们的客家族谱、宗祠厅堂楹联，都蕴含着丰富的家规族训文化。以世界客属公祭长汀客家母亲河——汀江大典、世界客属公祭宁化石壁客家公祠大典、上杭李氏大宗祠祭祖大典等为代表的祭祖仪式，以及千家万户的宗祠家祭拜祖先、扫祭祖墓活动等各种大型祭祀活动，都是原生态的客家宗族文化的生态范本。汀州客家地区成为中国保留宗族文化最完整、活动最兴盛的地方之一。

　　再次翻开汀州《钟姓家谱》，阅读《全慕公遗训》："吾自成童舞象之时，祖父旦夕所训，只一善而已。祖上诸公世世以善相继。《易》曰：'积善之家必有余庆。'吾自四十岁持刺史入汀，历政廿余载，未尝酷庾虐民。斯时吾年六十有九矣，讵有长生不老之理。余亦无庸多赘，但愿奕世子孙各以积善积德而积福焉，斯已矣。"笔者又寻到宣成乡中畲村邓坊钟氏族谱和濯田镇同睦村手抄本记载的钟翱遗训："溯吾祖居河南颍川，莫不以善相继，恪守而不易也。迨福汀始祖全慕公以刺史入汀廿八载，善政善教无思不服，亦以此一善而已。吾自廿八岁继我祖父刺史之职，受朝封爵历十余载，不改祖之政。致使隐居汀南六十里之同睦坑。建业至今，余年八十矣，将数行字叮咛尔等，以为长久之计。禀赋于天，只有仁、义、礼、智、信之德，岂可令其始，而不淑其终。君臣、父子、夫妇、昆弟、朋友，此之谓也五伦，忠、孝、节、义，皆所当尽钟亭有祖坟。故圣人尝视天下一家，血脉一人，万族不异此乾坤耳。况一本九族之亲，岂敢失本源之思乎！吾有三妻，已生九子，或仕或迁，当禀吾言为金石。汝九子及后裔之分派，切不可忘祖失宗，必听吾训，以善继善。视同宗治之手足，方和同睦之意也。"

　　笔者又找到《钟姓族规十二则》："端家规、守法度、习耕读、务勤俭、重族义、慎嫁娶、严教子、贫无谄、富不骄、亲远族、重时祭、宝族谱。"放下《钟姓家谱》，默想许久。我虽姓王，然而母亲、丈夫与女儿都是钟家人。再查询王氏家规，找到一条，仅六个字"言宜慢，心宜善"，听闻是汉武帝时，著名宰相公孙弘送给同是朝廷重臣的王氏始祖王吉的。何意？年轻时"言宜慢"，才

同睦村民居

能深思熟虑少犯错误,从而保护自己、谋求发展。壮年后,心智成熟、实力雄厚了,做到"心宜善",方能多行善事、少树敌手,受人尊崇。这与"以善继善"的钟姓族规多么相似。无论是钟全慕与钟翱的遗训,还是钟氏十二条家规、王氏家规,都令我感慨万千。若人人能恪守国法、族规,社会该多么和睦、团结。我想,这才是钟翱隐居同睦村、寻找桃花源的真正意图吧?

北宋知州诗人陈轩

北宋末年的汀州知州陈轩（约1038—1121），福建建阳人，字元舆，宋仁宗嘉祐八年（1063）进士，曾任平江军节度推官、安徽蒙县知县、主客郎中、秘阁校理、中书舍人、杭州知州等职。宋徽宗即位后，他常劝徽宋以清净为贵。徽宗颇听从，升他为龙图阁学士，复任杭州知州。崇宁元年（1102），以龙图阁直学士的虚衔任福州知州，84岁死于福州。《宋史》有传，留有《纶阁编》《荣名集》《临汀集》等。

交往文坛诗友

这位热爱山水、游必有诗的陈轩从来不乏文坛诗友。北宋著名文学家黄庭坚就与他交情很深。宋哲宗元祐元年（1086），黄庭坚为他写了一首诗《赠陈元舆祠部》："武成园木锁中秋，久得汀州刺史游。招唤丁宁方邂逅，谁言天网漏吞舟。"这里的"汀州刺史"是沿袭唐代的称呼，即知州官职。

同年，与黄庭坚、秦观、张耒合称"苏门四学士"的北宋著名文学家晁补之，亦作诗《复用前韵赠祠部陈元舆》，与时任监考官的陈轩唱和："行乐曾闻戒迟暮，人生波上飞凫聚。兰亭往事如过雨，山阴修竹空千古。陈侯挥翰少年时，三赋声名动人主。可是高才弃绳矩，自然采绣非针缕。五十天南把一麾，犹得无襦歌叔度。邂逅西城筑冶垆，王官继日车连户。自言春晚洞庭归，日落江南得佳句。倾盖何妨许如故，执鞭况是平生慕。但忧笔陈困攻坚，傥许寻盟解围去。"这年，陈轩刚从汀州知州任上提为礼部祠部郎中。晁补之则被召试京师，苏轼任翰林学士，黄庭坚等供职馆阁。他们诗酒酬唱，度过了一生中最惬一川虚涨三溪水，金峰深围四面坡。长堤鲦梅乱飞花，尽春风。

陈轩诗 己亥夏 杨东玉

陈轩诗

意的时光。

元祐二年（1087），黄庭坚又创作了《戏答陈元舆》："平生所闻陈汀州，蝗不入境年屡丰。东门拜书始识面，鬓发幸未成老翁。官饔同盘厌腥腻，茶瓯破睡秋堂空。自言不复蛾眉梦，枯淡颇与小人同。但忧迎笑花枝红，夜窗冷雨打斜风，秋衣沈水换熏笼。银屏宛转复宛转，意根难拔如蕽本。""蝗"在这里不单指蝗虫，还比喻盗寇。该诗盛赞陈轩为官清廉，带来汀州的平安祥和，也顺便调侃好友即将返家与夫人团圆，因而激动不能入眠的心情。同年，黄庭坚为陈轩又作诗《再答元舆》，其中的"男儿邂逅功补衮，鸟倦归巢叶归本"淡淡地向好友倾诉了叶落归根的归隐之意。

北宋宰相、厦门同安人苏颂，于元祐八年（1093）写了《次韵陈元舆待制新怀州吕侍讲见寄》。此时，55岁的陈轩升为龙图阁待制、庐州知州。而苏颂已是73岁高龄的右宰相。两位福建老乡可谓忘年之交。同年，北宋著名史学家、陈轩的同年进士范祖禹，亦为陈轩作诗《送陈元舆侍御赴庐江》。北宋著名诗人梅尧臣也与陈轩交情不浅。在同游山水时，留下了《和元舆游春次用其韵》的休闲欢愉之情："乘闲多远兴，信马与君行。碧树斜通市，清流曲抱城。山花高下色，春鸟短长声。日暮吾庐近，还歌空复情。"

遗憾的是，陈轩与这些文豪往来的诗歌，几乎都没有存留。不过，与樊晃、蒋防、韩晔等流放贬谪汀州的唐代官员相比，陈轩算是幸运的。当代文史研究者马卡丹、天一燕在《闽西文学史话》著书中提道：宋代的汀州渐趋繁华，入汀的官员多为平调或升迁。他们多为文采斐然之士。故而，公务之余，心情愉快的陈轩与下属郭祥正等人往往吟山咏水。他们无意间留下的览胜记游诗，被完整地记录下来，成为北宋汀州珍贵的历史记载。

诗人笔下的汀州

民国版《长汀县志》载，陈轩前任的汀州知州，是元丰五年（1082）任职的福建闽清县人黄积，只任了一年。陈轩之后的汀州知州是元祐元年（1086）任职的著名诗人、泉州惠安人谢履，也只任了两年。故而推算从元丰六年（1083）到元祐元年（1086），陈轩在汀州任职约四年。据《永乐大典》引《临汀志》载，陈知州常与副手、汀州通判郭祥正结伴登山临水，更相酬唱，留下了百余篇脍炙人口的诗歌。《全宋诗》共收集诗歌约27万首，其中收有陈轩的22首诗，几乎全是他吟咏汀州的诗篇。

十万人家溪两岸

汀州州宅背后的卧龙山，留下了陈轩最多的足迹。他吟《熙春堂》："楼上斜阳遇似飞，楼前秋景透人衣。横碧烟岚浓可扫，半红霜木冷相依。""南极星边人望阙，北山楼上客思家。"山间的松树，他也有恰当的比喻："相看竺国两高士，对立剑潭双老龙。"他写深秋汀江的《桐江夕下》："浪催鸣橹去岖哑，古岸萧萧感岁华。雨脚苍茫惊断雁，烟痕蒙密湿栖鸦。芦花正落汀飞雪，枫叶初丹岸有霞。渐觉望中山色暝，数星灯火认渔家。"感慨年华之余，汀州众多的阁楼寺庙，成为陈知州借景抒情的对象。他描述《云骧阁》："瓦流双涧合，帘压乱山青。佛刹蟠深崦，渔蓑散晚汀。"他留有汀州宝珠门楼的《南楼》名句："水暖池塘闲睡鸭，烟深村落自鸣鸠。"写汀州胜地《西峰院》："疑有潮声生绝顶，晚风吹动半岩松。"

他直抒胸臆汀州的《苍玉亭》："我爱汀州好，山川秀所钟。阁前横漪水，亭畔列奇松。"还有七言绝句《苍玉洞》："截断苍山百尺崖，峥嵘相倚洞门开。天生只隔红尘路，不碍浮云自往来。"清乾隆版《福建通志》载，后来，福建莆田籍进士蔡隽不知何因来到汀州，也写下一首《追和前守陈元舆题汀州苍玉洞》："向来曾醉呼猿洞，乱石崩云拥坐隅。谁料七闽烟瘴底，半岩风物似西湖。"谁说汀州就是福建的"七闽烟瘴底"？苍玉洞的美景足以与杭州西湖的呼猿洞媲美。就凭着这首诗，蔡隽得以在《全宋诗》榜上有名。

踏歌汀江畔，对汀州山水情有独钟的陈轩留下了很多传世名作。他写长汀东坊口大坵头的《汀州旧州城》："五百年前兴废事，至今人号旧州城。草铺昔日笙歌地，云满当年剑戟营。"更具名气的有《汀州》其一："居人不记瓯闽事，遗迹空传福抚山。地有铜盐家自给，岁无兵盗戍长闲。"瓯闽事，指浙闽一带的战事。过惯了太平日子的居民早已淡忘了战乱。没有匪盗，军队也长期赋闲无事。看到自己治下的山城汀水环绕，山峰耸峙，鸟鸣花开，一派清幽宁静、平安祥和的景象，陈轩又欣然挥笔，作了《汀州》其二："一川远汇三溪水，千嶂深围四面城。花继蜡梅长不歇，鸟啼春谷半无名。"

据文史专家考证，陈轩并没有粉饰太平。北宋的汀州确实如世外桃源。西晋后一批批中原人避战乱而南迁，来到闽西荒蛮之地开基立业，薪火相传。唐开元二十四年（736）建立汀州后，勤劳智慧的汀州人开通了汀江到潮汕的水上航道，汀州成为闽粤赣边区最大的物资集散地和商贸中心，故而才有陈轩笔下"十万人家溪两岸，绿杨烟锁济川桥"的繁华描述。它道出了汀州客家宁馨一方、祥和自足的生活景象和壮阔幽深、蓬勃鲜活的山水景观。

勇于直谏重操守

　　《宋史·陈轩传》载，陈轩是一个治尚清廉、勇于直谏的人。他曾五次上疏皇上。第一次提出，只有执政大臣才能上朝见到皇上不符合广览兼听之道，故请求恢复祖制，希望皇帝召见地方诸道帅守、使者，多听国策的议论，并审视人才。宋徽宗即位后，陈轩被提拔为兵部侍郎兼侍读。他发现江、淮发运使15年间更换了32人，便提出监司、守臣经常更换弊病多多，应该让他们任职久一点。他还指出有些军队招用游手好闲、横行残暴的恶少来补充，成为地方一大害，请求使用厢军来代替。他还上书反对王安石的青苗法，并规劝皇帝效法西汉文、景二帝的恭俭。这些皇上都依从了。

　　陈轩还是遵循律法、不徇私情的官吏典范。南宋文学家洪迈撰写的宋代志怪小说集《夷坚志》记载了他一则故事：陈轩未中进士之前梦见一处官府，前有两扇金字书额的高门。一个题词写着左丞陈轩，另一个题词写着右丞黄履。后来陈轩中了榜眼，官位止于龙图阁直学士，而福建邵武人黄履则两度任职尚书右丞。晚年的陈轩深刻反省，对儿子们说："我白手起家，生平不做亏心事。现在梦不符实。我仔细检讨自己的生平。当年做杭州太守时，有个达官要我用杖刑处罚一位老兵。这个老兵年高七十岁，按律法不应杖责，我就让他交罚金代替。不久那达官来信责备我。不得已，我只好又派人对老兵施以杖刑。老兵很快就死在杖下。现在过了二十年，我没有一日不自疚。违背律法而徇私情，杀人招致天谴，我登不上显官的禄位也就该如此啊。你们一定要切记，不要重蹈覆辙！"举目历代官员，几人能做到日日反省？几人敢直言"生平不做亏心事"？

　　回望近千年前的北宋，结束了唐末五代十国的割据局面，国内局势日趋统一安定，农业开始复苏，工商业步入兴盛，城市得以扩大。其中，汀州经济文化的发展，正是与陈轩等客寓官员的到来密不可分，从而凭借西连赣南、南接粤东的中心位置，在客家形成史上起到了承前启后的重要作用。闽西史书称陈轩"治尚简静""无为而治"、轻徭薄赋、与民休息。清乾隆版《汀州府志》也把陈轩列入名宦行列。就是在这样一批名宦的治理下，汀州达到了一个鼎盛时期，被宋代《临汀志》称为："阛阓繁阜，不减江、浙、中州。"

"太白后身"郭祥正

被誉为"太白后身"的北宋中后期大诗人郭祥正是安徽当涂人，字功父，一作功甫，自号谢公山人、醉引居士等。他少年出名，诗风纵横奔放，曾赢得梅尧臣、王安石等文坛领袖的高度评价。晚年隐居青山东麓，宅号醉吟庵，俗称"郭子坑"。

郭祥正（1035—1113）19岁中进士，曾任秘阁梳理、江西星子县主簿，第二年因秉性刚正，引得上司不悦而辞官归家。之后，赴京师获德化尉并于次年赴任，两年后任期满回乡，后复出任武冈知县（今湖南武冈）、桐城县令、庐州签书保信军节度判官等职。他赞成王安石实行新法，却又为王安石所不满，便归隐家乡，自号"醉饮先生"。元丰四年（1081）任福建汀州通判，第二年代理漳州知州。因指出新法的不足，被新党章惇停职罢官，以致入狱。哲宗即位后才得以申冤，自号"漳南浪士"。后任广东端州知州，做出一些政绩。元祐四年（1089），55岁的郭祥正看官场险恶，退休隐居。此后20多年，他漫游于金陵、杭州、宣州等地，与苏轼、黄庭坚、贺铸等文士多有交往与诗歌唱酬。徽宗政和三年（1113）病故，终年79岁。史书称他当官不贪名利，所到之处多有政声。一生勤奋，写诗1400余首，著有《青山集》30卷。

"谪仙"钟情于汀州

郭祥正一生，三次当官两次弃官，为人偶傥不羁、闲散随性，确有几分"谪仙"遗风。他的父亲郭维曾任淮南提刑、度支郎中等职。宋代笔记多有郭祥正被誉为"太白后身"的记载。魏泰的《东轩笔录》记录郭祥正之母梦李白而

龙山一角

生郭,原因是郭子仪和李白二人是刎颈之交,互相救过对方的命。李白扬名长安时,郭子仪被人陷害,李白为之求情,从轻处置。安史之乱后,李白受永王案牵连,被太子流放。大元帅郭子仪以辞职为由,求得新唐皇赦免了李白,因而,有李白托身报恩郭氏之说。当然,更确切的说法源于著名诗人梅尧臣作《此石月》赠郭祥正,并赞叹:"天才如此,真太白后身也。"当时的诗坛名将郑獬、潘兴嗣等亦纷纷以"江南又有谪仙人""人疑太白是重生"等诗句称誉郭祥正。

郭祥正的诗歌文章自有一股天然逸气。他任职之处,多有登古抒怀与诗酒唱酬之作。《临汀志》有他的详细记载,清乾隆版《汀州府志》把他列入名宦:"郭祥正,工诗,元丰间判汀州,有善政。每与太守陈轩联辔郊行,多所题咏。"

据考证，郭祥正描写福建的诗有 43 首，其中与陈轩唱酬赋咏的诗多达 31 首。在闽西地方文献中，唐宋以来吟咏汀州山水的诗篇，最突出的便是陈轩与郭祥正的览胜游诗。在他们登山临水的妙笔生花渲染下，汀州的美景更添几分诗情画意，从而美名至今。

很少有人像这位宋代诗人，如此钟情于汀州的山水。郭祥正存世的作品有《汀州南楼》《苍玉洞》《苍玉亭》《南安岩》《观音岭》《罗汉院》《法林院》《西方院》等。可谓：汀州一载，留诗数十篇。他写《次韵元舆临汀书事》三首，从地理位置、市井面貌，以及游人之乐，热忱地赞颂了陈轩的善治与政绩，并让我们由此窥见宋代汀州的城市风貌与民间习俗。其一："福抚开山罢戍兵，我朝仁泽始流行。岚烟蒸隰同梅岭，地脉逶迤接赣城。花木藏春先腊拆，儿童要寿半岩名。如今太守真黄霸，里巷歌谣善治声。"其二："碧瓦参差几万间，重楼复阁更回环。城池影浸水边水，鼓角声传山外山。鉴落斗倾元驰禁，秋千真蹴未容闲。使君得意同民乐，日拥笙歌倒醉颜。"其三："近郭溪山最可游，雨晴天气返如秋。人携羽扇防浓雾，马惜鞯泥涉浅流。竹叶要翻金盏底，梨花偏称玉钗头。卧龙盛世堪图画，迥压闽南七八州。"汀州卧龙山气势雄伟，苍松直耸云端。每当雨过天晴，白云缭绕，那"龙山白云"的奇观，受到郭祥正的称颂。古代"闽南"意指福建。北宋时，人们习惯称福建为"七闽"。南宋后，才开始盛行"八闽"之说。故诗人盛赞汀州胜景"迥压闽南七八州"。

他挥笔吟诗《苍玉洞》："片片冰崖裂，淙淙雪浪深。举头看白鹭，相伴洗尘心。"客家学专家兰寿春教授编著的《福建客家古代文学作品辑注》一书，点评此诗以冰崖、雪浪、白鹭等自然景致构成明净高远之意境，表达了诗人钟情山水，忘怀名利的心绪。即将离开汀州，诗人又登山吟诗《再题南涧楼》，以表难舍难分之意："北山云漠漠，南涧水悠悠。去此非吾愿，临分更上楼。"他写宝珠门楼的《汀州南楼》其一："一岁登楼只欲归，得归人事信难知。重来跨马三千里，楼上春风为我悲。"其二："楼外青山似故人，雨余山色静无尘。青山依旧人还老，一片离愁挂晚春。"想来，无论春风南楼，抑或雨后青山，汀州山水，总能融入诗人太多的百结愁肠。

幸而还有汀州知州陈轩这位上司、诗友，可以同游山水、一吐心曲。郭祥正著有《卧龙山泉上茗酌呈太守陈元舆》："君不见，欧阳公，在琅琊。酿泉为酒饮辄醉，自号醉翁乐无涯。醉来落笔驱龙蛇，电霆万里轰雷车。浓荫却扫吐朝日，草木妍媚春争华。斯人往矣道将丧，虽遇绝景谁能夸。又不见，卧龙山下一泓水，源接银河甘且美。惜哉无名人不闻，唯有寒云弄青泚。君携天上小团

郭祥正饮泉吟诗

月，来就斯泉烹一啜。不觉两腋习习清风生，便欲飞归紫金阙。挽君且住君少留，人生难得名山游。汲泉涤砚请君发佳唱，铿金戛玉摇商秋。斯泉便与酿泉比，泉价诗名无表里。自愧学诗三十年，缩手袖间惊血指。君如欧阳公，我非苏与梅。但能泉上伴君饮，高咏阁笔无由陪。明年茶熟君应去，愁对苍崖咏佳句。"这里的"苏与梅"指北宋著名诗人苏舜钦、梅尧臣。想来，李白的后身更乐意茗茶，而非饮酒。不过，诗中的豪情万丈与俊逸诗风，却丝毫不逊色于真太白。诗人把陈轩比作欧阳修，希望借描绘卧龙山泉上茗酌之乐趣，长留好友于汀州。那份悲而能壮，哀而不伤，极愤慨而又极豪放的风格，既包含了李白式的悲哀，又融入了诗人满腔的诚挚与惆怅落寞。至今读来，仍令人动容。

诗人被历史遗忘

郭祥正的诗纵横奔放，诗风酷似李白。学者马卡丹、天一燕在《闽西文学史话》著作中，认为唱和汀州山水的诗中，陈轩多是描摹景致，郭祥正还寄寓了人生感慨，故而郭诗却更胜一筹。解读了两位诗人的心路之后，笔者认为，年纪稍小的陈轩仕途顺利，提拔任汀州知州，笔下自无太多遗憾。而郭祥正仕途坎坷，任职汀州之前，已两次归隐家乡，他的诗里自然免不了万千感慨。因此，郭诗更胜一筹，不仅胜在诗歌技巧上，更因仕途坎坷，心灵逐渐走向丰富与深刻。

然而，天才多是孤傲的。成名很早的郭祥正颇为自负，使得他在北宋诗坛由疏远走向孤立。加上他秉性率直，性格孤傲，不谙为官之道，以至一生漂泊，终老青山，没能摆脱千古文人"平生遭际实堪伤"的命运。而并非如《宋史》所记载，说他因阿谀王安石反而被其排挤，以至于郁郁终生，在凄凉冷落中走向生命的尽头。

包头师院张福勋教授在《宋诗论集》中曾指出：长期被隐没的郭祥正不仅有丰富的诗歌创作实践，而且喜欢谈诗论诗。他主张"椽笔发清唱"，又主"兴寄"，不仅有很高的理论价值，而且具有实际的指导意义。对宋诗的发展，以及宋代诗论体系的形成作出了贡献。哈尔滨师大教授刘中文发表《郭祥正的桃源心路历程》一文，评论郭祥正出入官场36年，在道家哲学与佛禅的双向驱动下，三次辞官自觉追摹陶渊明，不断畅想归去来兮，呼唤桃花源。他的心路历程凸显了宋代士人整体的文化心态。笔者想，"仕"与"隐"其实更是中国文人心中难解的双重情结。

慷慨悲歌辛弃疾

南宋著名爱国者、豪放派词人辛弃疾（1140—1207），字幼安，号稼轩，山东历城人（今济南）。历任南宋朝廷佥判、通判、知州、安抚使等职。他一生力主抗金，取名"弃疾"，正是为效仿西汉大将霍去病带领将士奋勇杀敌，打败匈奴外患。著有词集《稼轩长短句》，存词620多首，无论数量与质量，皆雄冠两宋。他与苏轼合称"苏辛"，与山东历城老乡、著名女词人李清照并称"济南二安"。他的诗词以爱国主义为主题，也有不少吟咏河山。因与当政的主和派政见不合，后被弹劾落职，退隐山居，忧愤而卒，终年68岁，赠少师，谥号"忠敏"。

关心汀州疾苦

宋代汀州志书《临汀志》详尽地记载了辛弃疾上奏朝廷的《论经界盐钞札子》节要。他任福建提点刑狱期间，关心群众疾苦。宋绍熙初年（1190），南宋在全国范围内实行经界，即重新丈量土地，清理田赋，根据土地所有权和实有数量来负担赋役，以此减轻农民负担。唯有闽南汀、漳一带，因地方动乱没有实行经界，因此赋役不均的情况严重。辛弃疾到福建前，八州的盐法也不同。下四州（福州、泉州、漳州、兴化）为产盐之地，实行"钞盐法"，即由盐商向政府缴纳盐税，使盐商获得贩卖相应数量食盐的许可；上四州（建宁、南剑、汀州、邵武）不产盐，则实行官运官卖法。官运官卖法流弊多多，"一则侵盗而损公,二则科买而扰民"。宋绍熙三年(1192)九月,在家闲居十年之久的辛弃疾被朝廷起用任福建提刑。针对这种不合理的赋役与官运官卖法,他写下了《论经界盐钞札子》上书朝廷,建议在汀州推行"经界"新政、改行"钞盐法"。

辛弃疾遇到的宋光宗赵惇是个比较平庸的皇帝,后来还听信奸臣谗言,罢免了辛弃疾等主战派的官职。不过,此次辛弃疾的奏折竟然被奏准。辛弃疾被恩准在汀州推行"经界"和改行"钞盐法",绍熙五年(1194)还被提拔为福建安抚使。但是,新政遭到汀州权贵的极力抵制。夏季还没有过去,辛弃疾就被罢官,回到江西上饶。

宋代志书《临汀志》独辟了"丛录"条目,翔实地摘录了辛弃疾的《论经界钞盐札子》奏文。虽然经界和钞盐问题没有得到解决,但他关心汀州人民的一片良苦用心,通过《临汀志》流传了下来。奏文开篇,他提出"天下之事,固民所欲行之,则易为功"。这种以民为本的治国理念,至今仍值得我们后人推崇和倡导。

结交朱熹知己

辛弃疾在汀州大力推行"经界法",传闻是受到南宋著名理学家朱熹的影响。他们两人,一个是忧国忧民、叱咤风云的抗金名将,一个是热心教育、穷研理学的一代儒宗。看似毫无交集,皆因一身正气、仁慈爱民而结成莫逆之交。宋绍熙元年(1190),朱熹任漳州知州,看到地主兼并、侵吞土地严重,开始推行按实有土地负担税役的"经界法",然而遭到了豪强的极力反对。辛弃疾任福建提刑后,向闲居建阳考亭的朱熹问政,朱熹赠他三句话:"临民以宽,待士以礼,驭吏以严。"辛弃疾虚心听从忠告,在汀州大力推行"经界法"。在"驭吏以严"上,他杀人立威,将在押的穷凶极恶的江洋大盗和犯事的豪强处死,迅速扭转了福建路的治安。

《宋史·辛弃疾列传》有载,绍熙四年(1193),两人同游武夷,泛舟九曲,各自吟赋了《武夷棹歌》。辛弃疾盛赞朱熹是隐居山中的"帝王师",可惜没有伯乐及时发现。朱熹为辛弃疾的斋室书写"克己复孔""夙兴夜寐"两幅字。二人的武夷神游成为当时文坛一段佳话。庆元六年(1200)三月,朱熹因病去世。朝廷严禁朱熹的朋友、门人安葬,辛弃疾依然义无反顾,并亲作一篇祭文,

辛弃疾推行新政

称朱熹为"所不朽者、垂万世名。孰谓公死,凛凛犹生"。多年以后,历史终究还了朱熹一个清白。此惺惺相惜的二人,被后人称为南宋时期的"双子星座"。

英雄一生悲剧

"醉里挑灯看剑,梦回吹角连营。八百里分麾下炙,五十弦翻塞外声。沙场秋点兵。马作的卢飞快,弓如霹雳弦惊。了却君王天下事,赢得生前身后名。可怜白发生!"清代词学理论家陈廷焯在《云韶集》著作中,评论辛弃疾这首《破阵子·为陈同甫赋壮词以寄》词:"字字跳掷而出,'沙场'五字起一片秋声，沉雄悲壮，凌轹千古。"为什么有些人注定是悲剧一生？辛弃疾的门生范开在《稼轩词序》中高度评价他："公一世之豪，以气节自负，以功业自许。"笔者亦赞同现代学者贺绪在《论辛弃疾人生的悲剧性及对创作的影响》一文中，对这位爱国词人的评论：辛弃疾将人生悲剧蕴化于词作之中。他的诗风沉郁悲壮，与苏轼同属豪放派作家。然而，历经磨难的苏轼，一生修炼成了真豪放。他可以豪情万丈地高歌"大江东去，浪淘尽，千古风流人物"；又能放下苦难，"一蓑烟雨任平生"。辛弃疾也有"楚天千里清秋，水随天去秋无际"的阔大意境。相比之下，却放不下心中的苦愁，故而，做不到随遇而安、超然出世。

辛弃疾以建功立业为一生的最高理想。然而，他向朝廷提出的《美芹十论》《九议》等抗金策略均不被采纳。多少如他一般矢志不移的爱国英豪，最终皆落得"却将万字平戎策，换得东家种树书"的壮志难酬结局。或许一个人的期望值越高，失望就越大；越有才华，就越不容于当世。辛弃疾一生悲凉如冰的悲剧，客观上由时代使然；主观上，笔者更倾向于俞平伯的评论"其所以慷慨悲歌，正因为壮心不已"。伫立汀江河畔，凝望滔滔汀水，忆起辛弃疾守正不阿的一生，不禁仰慕他的人中之杰、词中之龙。耳边仿佛仍能听到这位古代臣子报国无门、丹心不改的一声声倾诉。民心不可欺，忠奸自有公论。

2017年10月3日，是辛弃疾离开我们的810周年纪念日。谨以此文追悼之。

宋慈开辟汀江航运

中国有两座"宋慈亭",一座在宋慈的故乡福建建阳,另一座位于宋慈任职过的地方福建长汀。宋慈(1186—1249),字惠父,福建建阳人。南宋嘉定十年(1217)进士,历任江西赣州信丰主簿、福建长汀知县、福建南剑州通判及广东、江西、湖南提点刑狱使等。63岁在广东任上病逝。他为官20余载,为政清明,足智多谋,善治刑狱。

奇怪的是,史书对这位杰出的历史人物记载甚少。元代编纂的《宋史》没有留下一字半句,清乾隆版《四库全书》仅留下:"宋慈始末未详。"幸而有宋慈的挚友、福建莆田人刘克庄《后村先生大全集》中的"宋经略"里,详细介绍了他的生平。而宋代汀州志书《临汀志》里亦载:"宋慈,字惠父,建安人。有拨烦治剧才。绍定间(1228—1233),奉捕使陈铧牒,差同李监军革平汀寇叛。未几,剿渠魁于谈笑间,慈参赞之功居多。上功辟差知长汀县,转奉议郎。县治湫隘,慈皆撤而新之,使极壮丽。时当师旅饥馑之余,明于听断,境内大治。任垂满,差充督视行府干办公事。"明代嘉靖版《汀州府志》、民国版《长汀县志》亦有记载。那么,宋慈究竟做了什么事情,令长汀人千年难忘、建亭纪念呢?

开辟汀江航运

长汀人民之所以不能忘怀宋慈,最主要的原因是他为百姓解决了航运与食盐的生活大难题。

那是七百多年前的宋绍定五年(1232),风尘仆仆的宋慈从江西信丰主簿调往汀州任长汀知县。他发现,百姓吃的食盐是千里之外靠走山路挑运的福州

"福盐"。由于汀州山路漫漫，没有水路可通闽江，所以官盐从海口溯闽江航运到南平后，要中途上岸转陆运，由挑夫翻山越岭，一年多才运到长汀。官府卖盐加上运费，盐价自然昂贵。穷苦百姓买不起盐，多吃淡菜，缺碘患大脖子病的不少，怨声载道不堪负担。刚刚经历剿匪的宋慈担心民怨容易酿成激变。他深入民间，细察民情疾苦。到任不久，便与汀州知州李华一起，向朝廷奏请改向广东潮州采购食盐。他亲临汀江沿途观测探险，规划汀江航道的整治。原来，早在唐开元年间，汀江下游的峰市段并未通航。因此，食盐最初从潮州起运，沿韩江只可运到峰市，再从峰市运到上杭回龙。宋慈开辟了汀江下游从长汀到回龙的航道后，食盐等货物从潮州经韩江、汀江直抵汀州城，往返只要半个月，大大节省了运费。

刘克庄在《宋经略墓志铭》载道："辟知长汀县。旧运闽盐，逾年始至。吏减斤重，民苦抑配。公请改运于潮，往返仅三月。又下其价出售，公私便之。"可见，宋慈开辟汀江水路，引潮盐入汀，免除了挨家挨户抽调劳役肩运食盐之苦，惠及汀州，功于一邑。汀州管辖下的各地以及汀江沿岸百姓都吃得起盐，百姓无不感恩戴德。直至今日，长汀、龙岩、上杭、连城、武平、宁化、清流、明溪、永安等地的人民都不曾忘记这位"县太爷"。

汀江航道的开通，使汀江从涓涓细流到浩浩大江，给古汀州带来了繁荣，长汀也逐渐成为闽赣粤边最大的货物集散中心和经济贸易中心。1993 年版《长汀县志》有载："汀江水运历史悠久，自古以来便有舟楫之利。南宋端平三年（1236），知县宋慈开辟汀江长途航运，运潮盐至汀。此后至 20 世纪 50 年代，汀江航道均是闽、粤、赣边区的主要水路交通线，更是福建省唯一通往外省的内河航道。往返船只呈现'上八百、下三千'的繁忙航运景象。""县内水运始于宋嘉定年间（1208—1224）。端平三年（1236）知县宋慈整治汀江，开创汀江与韩江联航，潮盐始运长汀。历经元、明、清和民国，汀江水运长盛不衰。民间有'千猪牛羊万担米'之说。民国三十四年（1945），每日从江西赣南、闽西各县运集长汀的农副产品达两千余担，由汀江水运到广东潮州、汕头市场，又从那儿回运盐、煤油、海味、药材、布匹、百货等物资至汀，散销闽西和赣南。"长汀现存的水东桥，亦见证了当年汀江上百舸争流、"盐上米下"的一派繁荣景象。汀州成为闽粤赣三省的通衢。可以说，对古代汀州的对外经济贸易，宋慈功不可没。汀江航道的开通，还带来了汀州文明。客家人开始由汀江向广东等地迁徙，从山区走向海外五大洲。多少海外客家人，至今仍把汀江当作自己的母亲。

李华慈宋组织百姓开辟汀江航道 己丑年秋月琦雨于闽汀

宋慈开辟汀江航运

酝酿《洗冤集录》

宋慈对汀州的贡献是开通了汀江航运,而他对全世界最大的成就是穷毕生心血,编纂了世界上第一部法医学著作《洗冤集录》。

《洗冤集录》共五卷,是宋慈采撷前人的《内恕录》《折狱龟鉴》等著作,以自己的实践经验,吸收当地民间流传的医药知识编纂而成,用于指导狱事检验的书籍。它编辑于1247年,距离宋慈任长汀县令的绍定五年至绍定七年(1232—1234)才10余年。可以说,《洗冤集录》的形成,是他在汀州时就酝酿于心的。至今,长汀还流传着宋慈在汀断案的各种故事。

《洗冤集录》中不少案例也是在汀州时积累下来的经验。然而,仅凭个人之力,岂能改变一代王朝的宿命?睿智的宋慈清醒地意识到自己该为后人留下些

宋慈亭

什么。为力洗世间的不白之冤，让后人借鉴"洗冤泽物、起死回生"的精神与经验。在生命的最后两年，宋慈提起"动辄千言"的笔，记载下诸多案例，完成了这部世界刑侦史上的奇书——《洗冤集录》，他也因此被誉为"世界法医学鼻祖"。

历史总要烛照现实。七百多年过去了，长汀人民仍然没有忘记宋慈的恩德。在汀州古城墙附近的汀江河畔、乌石山上，人们为他建了一座小巧玲珑的六角亭"宋慈亭"，纪念这位不畏权贵、爱民如子、断案如神、可亲可敬的县太爷。

胡太初编修《临汀志》

胡太初是宋代汀州地方志《临汀志》的主修官，是汀州历史上最早的有名可查的志书编纂者。据《会稽续志》《四库提要》等古籍考据，胡太初，字太初，生卒年不详，南宋台州临海（今浙江省台州临海）人。其父胡余潜是进士，任过广西藤州知州。宋理宗嘉熙二年（1238），胡太初考中戊戌科进士，历任建康府（今江苏南京）教授、国子博士兼景献府教授除秘书郎、全州知州（今广西桂林全州县）、处州知州（今浙江丽水市）、判军器监、饶州知州（今江西上饶鄱阳县）、真除馆职直秘阁、中大夫、直敷文阁、两浙运判兼权知临安府等，官至太府卿。

躬身事亲主修《临汀志》

胡太初的家乡台州，编纂了台州最早的地方志书《赤城志》。这是南宋时期最具代表性的地方志，也是我国地方志史上具有代表性的一部名志。《赤城志》的编撰，得力于南宋中期数位台州知州的古道热肠，也浸透着主笔陈耆卿的斑斑心血。陈耆卿感叹道："书成者时也，所以成者，公之志也。其志立，则时赴之矣，无其志而曰需其时者，吾未之闻也，岂惟一图牒为然。"可见，主修者应当具有坚强的意志，才能够完成志书的修纂。台州是胡太初的家乡。他见证了家乡编撰志书的艰难历程。一代英儒陈耆卿借古鉴今、经世济民的强烈意识，更为胡太初编修《临汀志》带来极大的激励、鞭策和启发。他深深地明白：作为一个地方志书的主修者，必须具备君子之急、儒者之虑以及修志之志。

胡太初主修《临汀志》

胡太初与汀州只有一年多的缘分。宝祐六年（1258）十一月，他以宗正丞兼吏部郎的身份担任汀州知州。宋开庆元年（1259）六月，他决心重修宋代汀州志书《鄞江志》。他带领州学教授赵与沐、州学学正钟明之、陈士安、钟知本、丘一震等汀州籍贤才，用了三个月，编完了《临汀志》这部难得的宋代文献珍品。此志为何命名《临汀志》？原因是唐天宝元年（742），汀州改为临汀郡。宋人嗜古，"志"以郡名，故名《临汀志》。景定元年（1260）八月，胡太初被召为掌管土木兴建、水利工程等工程事项的工部郎中，离开了汀州。

汀州人是幸运的。全国现存的宋代地方志书仅有二十多种，福建就有三种，淳熙年间的《三山志》、宝祐年间的《仙溪志》与开庆年间的《临汀志》。其实，宋本《临汀志》的原书已经遗失，所幸，《临汀志》被明朝《永乐大典》据以录入。这部唯一完整地保存在残本《永乐大典》中的宋代方志，从此成为明代弘治、嘉靖、崇祯《汀州府志》和清代康熙、乾隆《汀州府志》的主要史料依据。现存的《临汀志》是长汀县地方志编纂委员会于1990年据《永乐大典》所过录的31门《临汀志》而整理出来的。

《临汀志》为后人研究汀州历史起到了厥功至伟的作用。福建省新方志事业的奠基者、福建省地方志编纂委员会第一任专职主任、"二战"时期的老红军张立同志亲自为《临汀志》作序。他指出，这部史书记载了从唐代开元到宋代庆元的五百多年，临汀地区的地理位置、社会政治、经济文化、民情风俗等各方面的发展情况，对我们今天发挥地理优势、发展地方经济，认识汀州客家人等，都有十分现实的参考与借鉴价值。上海师范大学文学院教授方健，在《〈开庆临汀志〉研究——残本〈永乐大典〉中的方志研究之一》著述中指出："这部《临汀志》由胡太初以其学识躬亲其事，亲自审定，所谓'定科条、订事实、剂雅俗、正讹谬而编成矣'，实在难能可贵。较今之所谓'主编'只挂名不负责，高明多了。"湖北大学历史文化学院教授桂始馨亦以《临汀志》赵与沐的跋为例，提出："今甲子一周，屡修而屡辍，用志不坚，宜志之竟无成也。"指出主修者若意志不坚，志书是难以编修完成的。

在庆元文集《鄞江集》的基础上，胡太初等人还增补修订编成了15卷的诗文总集《临汀集》。这是他们对汀州文献整理的另一大贡献。遗憾的是，《临汀集》已佚。此外，胡太初的诗词至今亦无处可考。幸而《临汀志·丛录》存留了他的《临汀志》自序与任汀州知州时写的三道奏札。

在汀州任知州一年多，胡太初连报三份奏折。第一篇是近千字的《奏请经界保伍及移兵官一员置司城外三事》，提出为防范寇贼，保汀民安宁，为汀州百姓减轻赋税，建立赏罚分明的保伍制度，并学习江西，在城外增设兵力，以确保城内外的平安。第二篇是为倡导立保伍法给宋代隅团的军事总管隅总发的公文《帖请诸乡隅总规式》。第三篇是《奏请武平县令乞免差武臣复京选同差之法》（八月三十日奉圣旨依）。三篇文中，不乏"臣当鞠躬尽瘁""惟汀民安，而诸郡之民举安矣""城外无恐则城内愈安矣"等句。至今读来，仍令人看到一个栩栩如生的古代官宦，感动于他那份兢兢业业的勤政精神。

著述官箴　推行爱民

官箴是古代官吏施政行法的行动指南。古代杰出作品有西汉扬雄的《十二州箴》、东汉崔瑗的《百官箴》、唐太宗的《帝范》、武则天的《臣轨》、宋代陈襄的《州县提纲》、朱熹的《朱文公政训》、胡太初的《昼帘绪论》等。

《中国名人志》《中华藏典·名家藏书传家宝》有载，宋理宗端平二年（1235），胡太初的舅舅陶某出任香溪知县时，还未考中进士的胡太初就著述了一部县令居官之道的书，赠给舅舅上任使用。淳祐十三年（1253），胡太初在处州（今浙江丽水市西）任知州时，他的亲戚兼朋友陶云翔，把他十八年前写的这部爱民勤政的原稿寄还给他。胡太初便命人出版刻印，发放到自己所管辖的各县。这就是他的《昼帘绪论》。

该书以廉洁清心、爱民勤政作为居官根本，条目详尽，语言平和，共十五篇文章，对参政为官者颇有教益。论县令居官之道，他认为："今之从政者，类以抑强扶弱为能。"他提出以"劝分"作为官府的一种救荒补助办法，鼓励富民、士人、商贾等有力之家将储积的粮食拿出来赈济、赈贷和赈粜灾民。关于使用笞杖刑罚，他指出"老幼不及，疾孕不加"。如今，这部由胡太初撰写、明代兵部尚书何鉴于成化七年（1471）雕版印刷而成的刻本，清代著名学者朱筠之子朱锡庚作跋的《昼帘绪论一卷》，被评为第二批国家珍贵古籍名录，珍藏于山东省图书馆。由此，笔者再次为这种用雕版印刷的方法印装而成的书籍，在我国宋金元明清等朝代的出现和流通深感欣慰与自豪。它们为保存和传播我国的文化遗产起到了极大作用，让我们后人看到了诸如《临汀志》《昼帘绪论》等千千万万本古书史稿。

清心平心　廉明勤政

据清乾隆版《汀州府志》载："胡太初，宝祐间，以朝散大夫知州事。修郡学，重建明伦、致极堂、御书稽古阁；肇行乡饮酒礼；增储均济仓钱米，以广赈粜；厢、禁、寨、铺诸兵，并增给全分衣粮；时阅射，自给赏犒；修城浚池，屡平连城、宁化剧寇。"

遗憾的是，《汀州府志》列举了胡太初众多事迹，却只字未提《临汀志》这部志书。为此，笔者查阅了清乾隆版《汀州府志》书中，从明代到清十余人作的《汀州府旧志序》与《翻印〈汀州府志〉序》，均没看到《临汀志》三字。想来，应是年代久远，《临汀志》原书已散佚，而《永乐大典》亦仅存几卷。不过，《临汀志》能保存于《永乐大典》残本中，已是汀州人民的福气。

2008 年，《解放军报》刊登《领导干部要做勤政廉政的表率》一文，引用了："南宋胡太初的《昼帘绪论》卷二《尽己篇》有言：'莅官之要，曰廉曰勤。'说的是廉政勤政乃为官从政第一位的要求。不勤政，无以成事，不廉政，容易坏事。" 2015 年，《中国组织人事报》发表《严以律己，筑牢为政底线》文章，也引用了胡太初"莅官之要，曰廉曰勤"的话语，要求党员领导干部按照习总书记的要求，把权力关进党纪国法的笼子里。

在《昼帘绪论》中，胡太初还提出："勤政之要，莫若清心。心既清则鸡鸣听政，所谓一日之事在寅也。家务尽捭，所谓公而忘私也。"唯有如此，才能"今日有某事当决某牒当报，财赋某色当办，禁系其人当释，时时察之，汲汲行之"。反之"衔杯嗜酒，吹竹弹丝，宦游之乐，遂至狱讼经年不决，是非易位而知词讼愈多。事机愈伙，不免司败之见诘"。在他看来，清心寡欲才能勤于政务，公而忘私才能勤政不息。懈怠政务必将贻误国事，受到惩治。他还强调要注重自身生活的俭朴，杜绝贪腐的诱因，通过崇尚节俭的生活来保持廉洁的"节用养廉"观点。这些历史经验，对今天后人的执政仍然有重要的借鉴作用。

文天祥汀州抗元

> 辛苦遭逢起一经，干戈寥落四周星。
> 山河破碎风飘絮，身世浮沉雨打萍。
> 惶恐滩头说惶恐，零丁洋里叹零丁。
> 人生自古谁无死？留取丹心照汗青。
>
> ——《过零丁洋》

有谁，没有读过文天祥这首诗？

宋理宗端平三年（1236）五月初二，一位名唤云孙的男婴出生在江南西路吉州庐陵（今江西省吉安市）青原区富田镇文家村一户富庶的书香门第。他就是"文章与气节名冠天下"的文天祥。这一年，蒙古军入侵蜀、汉及江淮地区。文天祥（1236—1283），字天祥、履善，自号文山、浮休道人。宋理宗宝祐四年（1256）进士第一名，当上状元。历任湖南提刑、知赣州、右丞相等职。他是南宋杰出的抗元英雄，又是以慷慨激昂、苍凉悲壮的诗风，反映坚贞的民族气节和顽强战斗精神的爱国诗人。著作有《文山全集》《文山乐府》《指南录》等。元至元二十年（1283）慷慨就义，年仅47岁。他以忠烈名传后世，和陆秀夫、张世杰并称为"宋末三杰"。

少年立志　尽忠报国

文天祥的父亲名文仪，学识渊博，人称革斋先生。年幼的文天祥跟随父亲在"竹居"书斋接受家庭教育。这一年，著名爱国丞相、文坛领袖江万里在吉州创办白鹭洲书院。宋理宗宝祐元年（1253），18岁的文天祥参加科举帘试，名列榜首。参观白鹭洲书院时，他看到了专供学生祭祀的忠义祠里的"四忠一节"画像。"四忠"为：正直敢言、有刚正之节的改革家欧阳修；勤奋治政、处事有谋的大学问家、政治家周必大；主战抗金、与秦桧斗争的爱国名臣胡铨；方心斗胆，威武不屈的爱国志士杨邦义。"一节"为积极抗金、不苟合求荣的杨万里。据《宋史·文天祥列传》载，少年文天祥深为他们的事迹所感动，慨然道："没不俎豆其间，非夫也！"发誓死后如果不能置身于那些受后人祭祀的忠臣之间，就不是真正的男子汉。

宋理宗宝祐三年（1255），因仰慕江万里，20岁的文天祥在白鹭洲书院求学一年。江万里的弟子、南宋著名教育家欧阳守道是书院主讲人。他强烈的忧患意识和以天下为己任的民族责任感，培养了青年文天祥的铮铮铁骨，以及对国家的一颗赤子之心。八月，文天祥加乡试被录为贡士。次年参加殿试，荣登状元。宋理宗见状元名叫文天祥，高兴地说："此天之祥，乃宋之瑞也！"于是，文天祥又以"宋瑞"为字。

一介文臣　扶危社稷

一介文臣，从未拿剑，为保家卫国，毅然穿起铠甲，从此开始了一生中最高亢最悲壮的抗元事业。宋度宗咸淳九年（1273），文天祥起用为荆湖南路提刑，江万里出任湖南安抚使知潭州。师徒两人互相敬重，交往密切。一天谈及国事，江万里忧伤地说："我老了。以我一生的阅历，观天时人事当有变，世道之责，其在君乎！君其勉之。"他把力挽狂澜、恢复疆土的愿望寄托在学生身上。此次会面对文天祥后半生影响极大。

宋恭帝德祐元年（1275），20万蒙古大军沿汉水南下，兵锋直指临安。太后急发《哀痛诏》，令天下勤王。39岁的文天祥时任赣州知府。他手捧诏书痛哭流涕，之后变卖家产，聚集了3万多名士兵。朋友们劝阻他：元兵南下进攻，势不可挡，你这万余乌合之众，与驱赶群羊同猛虎相斗有何差别？文天祥答：大宋抚育臣民300多年，现在理应拼死捍卫。八月，他率兵赶到临安，大臣们已跑了大半。南宋朝廷决定议和。众大臣举荐文天祥为右丞相兼枢密使，出城到皋亭山与元军统帅伯颜谈判。文天祥劝说伯颜：大宋是中国文化的代表，岂是辽或金国这些游牧小国能比拟？元军如果退兵，宋国愿成为你们的藩邦，每年向北朝进贡金银帛缎。若想推翻宋国，取而代之，宋今仍踞有两淮、两浙、闽

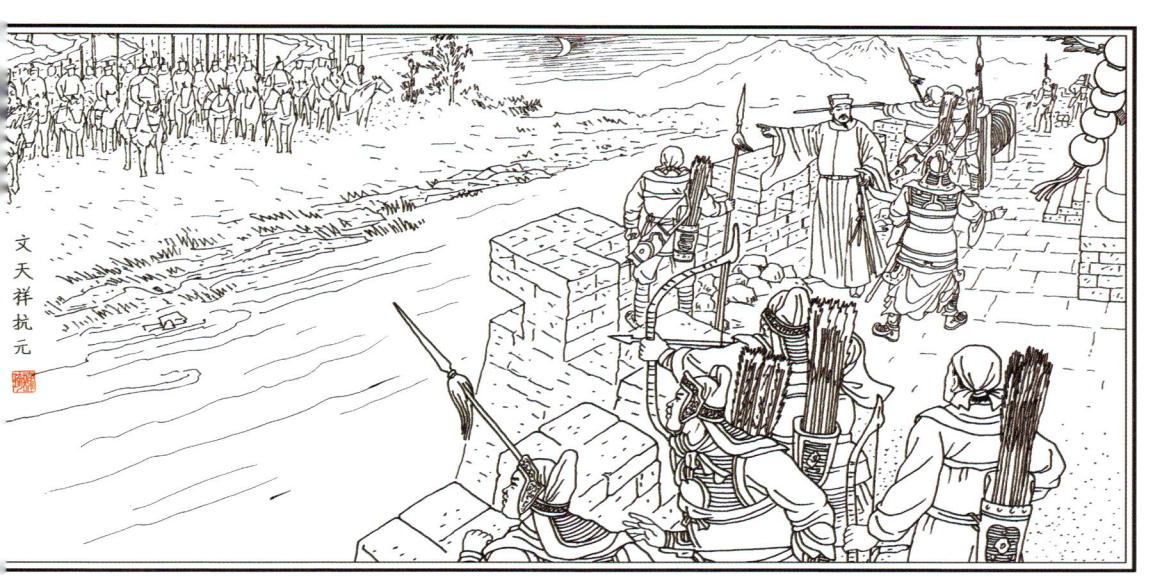

文天祥抗元

粤等大部分地方，胜负尚不得知。假若灭了宋国，各地豪杰揭竿而起，也会对蒙元统治造成无穷后患。伯颜听了很生气，想杀他。文天祥毫无畏惧地说："我乃大宋状元丞相。宋国在，有文天祥；若宋亡，我与之俱亡。今天所欠国家的只是一死以报国恩。死的威胁，非我所惧也！"伯颜被他的一腔正气所折服。

三赴汀州　慷慨抗元

历史学家评选出南宋王朝的十大历史名人：江西吉安人文天祥、江西婺源人朱熹、浙江绍兴人陆游、山东济南人辛弃疾、河南省安阳人岳飞、陕西绥德人韩世忠、江西吉水人杨万里、福建莆田人刘克庄、福建邵武人李纲、山东济南人李清照。值得笔者骄傲的是，这十人中，四人与汀州有关联。文天祥、辛弃疾来过汀州。朱熹为汀州写过诗《次彦集再适临汀留别韵》，刘克庄为长汀县令宋慈留下了宝贵的史料。

据清乾隆版《汀州府志》等载，文天祥抗元，民心呼拥。他的抗元大军驻军于汀州城北。他先将伪天子黄从斩于剑下，又招抚旧部，赶制兵器，想以此为根据地，收复大宋江山。福建、广东的忠义之士前来投效，汀州人民纷纷报名参军，江西的旧部也赶来相投。他派参谋赵时赏率兵夺回宁都，命参赞吴俊

大成殿——文丞相祠旧址

攻取雩都（今江西于都），兵锋直指赣州，另派唐仁、陈子敬回赣州招兵，又派罗开礼夺取吉州永丰县等。这一切都为了在江西打开出口，扭转抗元的被动局面。一时间，汀州各驿道设栅驻兵，各营寨日事习武，又收复了赣南宁都等七邑失地，人心振作。

然而大厦将倾，文天祥的抵抗和进攻都是孤独的。当代作家郭晓晔的《长歌正气——文天祥传》传记亦载，十一月中旬，元军攻占了建宁府（福建建瓯）、邵武军、南剑州，福安（今福州）的屏障尽失。陈宜中、张世杰不敢与元军决一死战，带着数十万名宋军，护持小皇帝赵昰及太后乘船逃往海上。弃城逃跑的知南剑州王积翁成为元军内应，与知福安府王刚中一道献福安城降元。皇帝一跑，更挫伤了宋军岌岌可危的抗元信心。各郡县守将或逃或降或败，东南守备土崩瓦解。《永乐大典》记载了文天祥此时在长汀城的五言绝句《汀州道中》："雷霆驱精锐，斧钺下青冥。江城今夜客，惨淡飞云汀。"该诗有序：

"十月行，十一月至汀州，而福安随陷，车驾幸海道矣，事会之不济如此，哀哉。"十一月的秋风夹着寒意，旌旗在阴霾的天空下哗哗作响。夜里，文天祥披袍佩剑，登上汀州城楼视察营寨。士兵们疲惫地擦拭着长矛土枪，郊外杂草丛生，荒无一人。面对苍茫的汀城夜色，文天祥触景生情，预计到的惨淡战事令他无比揪心。

宋端宗景炎二年（1277）元月，元世祖忽必烈下谕肃清"闽赣之患"。元将阿拉罕率领剽悍骑兵三千余骑日夜兼程大举南下，从江西、南平两路向汀州进逼。时值元宵，忽报敌骑如潮涌至。汀州百姓紧闭城门，文天祥本想率兵据城御敌。然而，他的部队受命在外。汀州郡守黄去疾听说皇帝逃往海上后，按兵不动。迫于形势，文天祥只好撤出汀州，率部退到漳州龙岩。几日后，黄去疾同参赞吴浚一道开汀州城门降元。汀州百姓以闭户罢市两日进行抵抗。吴浚又到龙岩劝降，被文天祥怒杀于军营示众。五月，元军主力撤离汀城，汀州民众立即报知。文天祥率队伍回汀。兵抵城郊时，黄去疾换了衣服逃走。汀州人民打开城门迎接文天祥队伍，欢声震动。六月，众多汀州男儿追随文天祥率兵收复宁都、兴国、于都等城，兵抵赣州，并将热血抛洒在那片土地上。南宋末帝祥兴元年（1278）十月，抗元形势越来越严峻，文天祥在赣州作战失利，率部第三次入汀。

就这样，文天祥呕心沥血、拼尽全力，三次率兵到汀州募兵抗元。这一百四十多个日日夜夜，他的足迹遍及清流、明溪、长汀和连城，留下了御衣坪、王城村、垂珠岭等古迹。笔者十分欣赏当代龙岩女作家郭鹰的历史散文《浩然正气耀汀州》。它开篇就是："'天地有正气，杂然赋流形。'文天祥和他的《正气歌》像一把利剑穿透历史的迷雾，成为中国人精神的象征。他身上'明知不可为而为之'的民族魂魄，就是中国文化历经五千年而未被摧毁的精神脊梁！汀州有幸，见证了一位英雄可歌可泣的故事。虽然因为那个守将黄去疾和参赞吴浚，汀州成了文天祥惊鸿一瞥，败走麦城的众多伤心地之一，却留下了他仰首青天，锵然唱出的正气之歌，留下即使是亡国也无法中断的中国精神！"

明嘉靖版《汀州府志》还载："文丞相祠在郡左黄岗岭下。旧无祠，时提学副使邵锐拆开元寺，移长汀学大成殿建之，虚其殿址，知县李日芳遂以丞相曾开督府于汀，乃其过化之地，请于知府邵有道，即旧殿建之，扁曰'文丞相祠'，是亦高山景行之意也。"意思是：原来汀州本无文丞相祠。明代提学副使邵锐拆了开元寺，把长汀县学大成殿移了过去。大成殿的原址就空着了。嘉靖年间的长汀知县李日芳就以文天祥丞相曾经在汀州开设督府，对汀州百姓有教化之功为名，请示汀州知府邵有道，在府衙左侧的黄岗岭下的长汀县学旧殿，建了"文丞相祠"，表达对这位民族英雄崇高德行的敬仰之情。

清酒浩歌　仁至义尽

诗以言志，文以载道。一代诗豪文天祥在汀州的诗作，有史可载的有三首：在长汀作的《汀州道中》、在清流作的《呈小村》、在明溪作的《莘氏夫人庙留题》。

刚来汀州扎营时，文天祥的得力干将刘沐就带领一支勤王军从江西赶来清流会合。《指南录·呈小村》："万里飘零命羽轻，归来喜有故人迎。雷潜九地声元在，月暗千山魄再明。疑是仓公回已死，恍如羊祜说前生。夜阑相对真成梦，清酒浩歌双剑横。"小村是刘沐的小名。这便是文天祥此情此景的感慨之作。历经九死一生，今日终得与旧部重逢。一壶汀州老酒啊，盛不下征程万里，九死一生。昔日志同道合的战友，如今多少已是阴阳相隔。真像是被西汉神医仓公救渡，又恍如西晋开国元勋羊祜复现。前世今生，文天祥仿佛犹在云里梦里，仍要把酒当歌，挥剑御敌，誓以雷破九地惊天宇，月出千嶂照九州！

进兵汀州明溪时，文天祥慕名拜谒了惠利夫人庙，并欣然题诗《莘氏夫人庙留题》："百万貔貅扫犬羊，家山万里受封疆。男儿若不平妖虏，惭愧明溪莘七娘。"其气势恢宏的诗句，今日读来，笔者仍能感受到他以巾帼英雄毕生为民造福的事迹来激励自己，激励部属舍身为民的抗元豪情和斗志！五代十国的莘氏夫人嫁给一位莘氏将领。随夫出征时，其夫病亡，她便留在明溪埋夫护墓，并倾心为百姓治病，死后葬于明溪。两百多年后，传说有过客半夜被女子吟诗声惊醒，细听为莘七娘的怨诗。过客把诗记下并告之百姓。大家感恩莘七娘的功德，立刻动工建庙。此后，百姓朝夕求拜，十分灵验。为感谢她消灾解难、造福一方，民间上报为她求封号。南宋朝廷查核降旨建了"惠利夫人"牌坊，钦赐"显应"为庙号，敕封"莘利夫人"。莘利夫人从人为神的故事流传很远，到了长汀，以及她的故乡赣州。

临安失陷后，文天祥被元军押解过长江。在友人的帮助下，他成功逃脱，南下寻找小皇帝。在南方的战斗中，他的老母和儿子相继战死，妻子和女儿被俘。文天祥再次被俘。崖山海战之前，元军大将张弘范让他写信劝降仍在抵抗元军的张世杰，元世祖又以高官厚禄劝降，均被严词拒绝。这些人哪里能理解，日夜盘旋于文天祥脑海的，是苏武牧羊、文姬归汉和不食周粟的不朽历史，是老师江万里率举家180多人投水殉国的铿锵风骨！千古绝唱《过零丁洋》《正气歌》就是在这样的历史背景下完成的。元至元二十年十二月九日，文天祥结束了三年多的牢狱生涯，在大都柴市（今北京交道口），被处斩示众。临死前，他面对南方，心念南宋，拜了三拜。其妻欧阳氏收尸时，在他衣带中发现绝笔《衣带铭》："孔曰成仁，孟曰取义。惟其义尽，所以仁至。读圣贤书，所学何事？而今而后，庶几无愧！"

明代圣贤王阳明

五百年前，明朝出现了一位思想家、文学家和军事家。他不但善于统军征战，还创立了阳明心学。他的"知行合一"与"致良知"思想，让世人把他的心学和孔孟的儒学、朱熹的理学，并称为孔、孟、朱、王。其思想影响了张居正、曾国藩、章太炎、孙中山、蒋介石等众多后世名人，还成为日本明治维新的思想先导。

他的名字叫王阳明，原名王守仁（1472—1529），字伯安，浙江余姚人，曾筑室故乡阳明洞，世称"阳明先生"。明弘治十二年（1499）进士。他一生历经传奇：12岁立志做圣贤，15岁独自考察边关，两次科考失败后考中进士；后又入过监狱，遭过贬谪，逃过暗算，终生奔波，却仍然坚持治学讲学，匡时济世；57岁时病死，留下了著名遗言："此心光明，亦复何言！"

阳明心学，正是他留给世人最重要的精神遗产。正德元年（1506），34岁的王阳明因反对宦官刘瑾，被贬到贵州龙场。他坐在石棺里，一边思考一边等死，几天后忽然顿悟：我们的躯体，表面上顺从我们，穿衣吃饭，知冷知暖。实际上，它并不是由我们来控制。它生，我们就跟着生；它死，我们就跟着死。我们才是身体的奴役。很多人却不明白这个道理，终其一生，忙忙碌碌，来满足身体食色权利的欲望，就这样走到生命的尽头。

然而，每个人都有一颗心。王阳明在哲学上发展了南宋陆九渊"心明便是天理"的学说。他认为：心即良知。他以一名小偷为例，命令他脱尽衣服，小偷却怎么也不肯卸下最后一件衣服。这证明每个人都有是非之心、好恶之心、羞耻之心与辞让之心，综合为"良心"。圣人之道是什么，即是良知。良知人人都有。判断事情对错是非，就以良知为标准。王阳明最出名的话是："尔未看

王文成公祠

此花时，此花与尔心同归于寂。尔来看此花时，则此花颜色，一时明白起来。便知此花，不在尔的心外。"

　　王阳明还发现，人不知自己的生前与死后会发生什么事。唯一可以控制的，只是一个个真实的当下。我们在每一刻的悲哀或者开怀大笑，组合在一起，就构成了我们的人生。所以，个人的躯体会死亡，整体的人类则一代代会延续下去。由此，他告诉我们：圣贤功夫，不是向外求得知识，而是向内心减少欲望。当所有的欲望都消除了，心就光明了。所以，在贵阳文明书院讲学时，他提出"知行合一"的观点："知"指人的道德意识和思想意念；"行"指人的道德践履和实际行动。他认为，良知人人有，贵在将知识与实践融为一体。从自己开始，从内心入手，做自己心灵的导师。

圣贤在汀州

汀州有幸,接待过这样一位儒学宗师。清乾隆版《汀州府志》载:"王守仁,余姚人,正德年间为虔州巡抚。贼首詹师富等负隅山洞,守仁提师过汀往剿。汀人感德,所过皆立祠祀之。"

《明史·王守仁传》载:"正德十二年(1517)二月,虔抚王守仁奉命征漳寇,进兵汀州,遂进驻上杭。会福建广东兵先讨大帽山贼。守仁亲率锐卒佯退,师出不意,捣之连破四十余寨,擒贼首詹师富。"清乾隆版《汀州府志》载:"守仁令于古城设盐关,以便赣人以米换盐。古城为县对外省开放最早市场。"平定闽西上杭动乱之后,他采取"十家牌法约条",推行乡约、新兵法、疏通盐道与解决给养等多种方式教化民众。

王阳明的文学成就很高。《古文观止》收录了他三篇散文《稽山书院尊经阁记》《象祠记》《瘗旅文》。纪晓岚评论他:"守仁勋业气节,卓然见诸施行,而为文博大昌达,诗亦秀逸有致,不独事功可称,其文章自足传世也。"在汀州,尤其是驻扎上杭的三个月内,他忙中偷闲赋诗十几首。《上杭喜雨二首》《上杭南泉庵》等六首收入了明嘉靖版《汀州府志》。

行军之余,他还在上杭城南的汀江渡口修筑浮桥,率众祈雨,写下了《时雨堂记》。如今,长汀的"王文成公祠"与上杭的"阳明桥"虽难觅旧迹,但上杭县城正西门的"阳明门"却被人们世代流传了下来。他当年手书石刻的《时雨堂记》碑,历经风雨仍傲然屹立在上杭县城原处。

据家乡老人刘永尧回忆,在汀城三元阁的古城墙脚下有一座"王文成公祠"。这是明朝崇祯年间,为纪念王阳明,汀州郡守笪继良捐薪带头修建的,他还定期在祠旁讲学。之后,汀州百姓在"王文成公祠"旁又集资修建了"笪公祠",一同祭祀这二位贤人。当代长汀百岁诗翁邹子彬在《汀州大观园》一书中,记有"王阳明夜坐龙门潭"的传说,还留下《龙潭夜坐》一诗。后经考证,此诗并非作于汀州,而是写于安徽滁州。邹老立即进行了纠错。此等严谨文风,不正是阳明心学智慧的后世传承吗?

巧艺天工宋应星

与汀州结缘的古代名人里，有这样一位科学天才：他行万里路，足迹遍布大半个中国，开展了大量科学考察与社会实践；他读万卷书，一年曾出版过六部重要著作，成为偏僻乡野走出来的自然科学家与社会科学巨匠；他生不逢时，一世清贫，出书多是朋友资助；他编著的一部传世奇书——《天工开物》，是世界上第一部关于农业和手工业的综合性著作，被英国生物学家达尔文誉为"东方的百科全书"。

他就是宋应星（1587—?），字长庚，江西奉新县人，出生官宦世家，自幼博览群书，28岁考中举人，29至45岁共参加六次会考，均未中第，50岁被选为江西分宜县教谕，51岁出任福建汀州推官，56岁任安徽亳州知府，大约在清康熙五年去世，享年80岁。科场失意、半生蹉跎的他游历大江南北，各地的工农业生产情景令他见闻大增。他终于觉悟，济国济民不一定要科举功名，也不一定非当高官不可。于是，他随身携带算盘与卷尺，走访南北农田、作坊现场，所到之处认真记录，因而进京返乡，他总是满载而归，行囊里装的是古代圣贤所不曾接触过的科学考察笔记。

按规定，中了举人后就具备了候选做官的资格，然而不善钻营的他，候了20年才到江西分宜县任八品教谕，每月二担米。他花费三年，总结了明代中国农业、手工业与工业等各领域的技术成就，完成了《天工开物》。这部著作的主旨是：自然界蕴藏万物，人应当积极主动，依靠并利用自然界，方能征服自然。这种思想，就是在今天，也同样闪烁着深刻的哲理和智慧的光芒。

全书共18卷，8万余字，书名源于"巧夺天工"与"开物成务"两个成语，表现了天人合一、人力与天工相协调的哲学思想。书中叙述了饮食、衣服、陶瓷等物品的生产和制造过程，是一本丰富的科学技术巨著。尤其记载了用金属锌代替锌化合物（炉甘石）炼制黄铜的方法，是人类历史上用铜和锌两种金属直接熔融而得黄铜的最早记录。

汀州有幸迎接宋应星的到来，是他在分宜完成《天工开物》之后。据《分宜县志职官志》教谕栏记载："宋应星，奉新人，举人。崇祯七年（1634）任，升汀州府推官，有贤声，汀人肖像祀之。"清乾隆版《汀州府志》亦载："汀州府推官：宋应星（江西人，崇祯间任）。"

在汀州的短短两年，宋应星留下了侠肝义胆、仁义爱民的美名。据他侄子宋士元写的《宋应星传记》载：崇祯十年，"海贼"陈缺嘴聚众起事，被押入汀州府大牢。正逢宋应星掌理刑狱，他释放了一些在押犯。不久，这些人又在漳州沿海起事。有胆有识的宋应星骑上单骑，不带一兵一卒去谈判，终于使海防地区渐趋平静。福建巡抚佩服宋应星的胆略，后来举荐他担任了亳州知府。笔者曾听老人讲过旧时长汀城内确有宋应星祠，今天已经难觅旧迹了。

宋应星一生著作甚多，涵盖了自然科学、政论、历史与文学创作等各领域。因为明清朝代的更替，丢失了不少。流传至今的除了《天工开物》，还有《野议》《思怜诗》《论气》和《谈天》五种。《论气》《谈天》是关于自然科学的著作。《野议》是他在预感国之将亡的危险局势下，一日一夜赶写出来上表给崇祯皇帝的治国方策万言书，道出了乱世中有识之士的共同心声。《思怜诗》则反映了作者愤世忧民的感情。宋应星"以诗言志"的主张一目了然，尤其他认为科学技术知识和科学家的事业，对发展社会生产、增加社会财富的重要性，超过了儒学经典及古帝王事业。这种思想走在了时代的前头。

只是他没有想到，自己在国外的名气要早于国内。17世纪《天工开物》就传到了日本，18世纪传到朝鲜、欧洲与美国。19世纪，法国作家巴尔扎克把它写入小说《幻灭》里。人们把他与18世纪的法国启蒙思想家狄德罗、16世纪的欧洲技术界权威阿格里柯拉，一起评价为并驾齐驱的伟大历史人物。而他在国内的知己，却是三百年后的地质学家丁文江。丁文江从1911年起，寻觅于云贵、北京、天津与江苏各地，最终以从日本购回的新版《天工开物》为底本，参照《古今图书集成》，公开印行了《天工开物》，成为我国研究《天工开物》的第一人。自此，这部漂洋过海、流落国外的科学巨著才重回中国。1987年，江西建立了宋应星诞辰400周年纪念馆，第二年出版了《宋应星四种著作》。前些年，江西宜春、新余等地建了"天工开物园"。

北齐文学家、教育家颜之推（531—约590）在著名家训《颜氏家训》道：

宋应星单骑谈判

"上士忘名,中士立名,下士窃名。"即上等人的格局和境界是心怀天下,不为名利而生、不计个人得失;中等人经世致用获取功利;下等人靠投机取巧而窃名盗誉。在"万般皆下品,唯有读书高"的时代,宋应星重视发展社会生产力,甘于清贫,写出"于功名进取毫不相关"的《天工开物》。这种思想高度与科学成就,我想,足以配得上"上士"的称谓。

纪晓岚巡考汀州

纪晓岚是来过汀州的历史名人之一。《中外名人传记纪晓岚》有载，乾隆二十八年（1763），纪晓岚担任福建学政时，来过汀州巡考。相传，他住在汀州试院。试院内有两株唐朝时就种下的千年古柏树，高大苍翠。晚上在庭院散步时，他看见树上隐约有两个红衣人正向他作揖。他十分惊奇，问了当地百姓，才知这两名红衣人是明末的两名大将熊纬和赖垓。当时朱聿键在福州称帝，后来被清廷追剿，一路败退至汀州。为了向大明朝尽忠，两名大将在古柏树下自尽。后人就把双柏称为"双忠树"。纪晓岚听了感慨万分，第二天拟了一副对联"参天黛色常如此，点首朱衣或是君"，贴在树旁的双忠庙前以示敬仰。

纪晓岚（1724—1805），名昀，字晓岚，晚号石云，又号观弈道人、孤石老人。历经雍正、乾隆、嘉庆三朝，活了82岁，官至协办大学士、礼部尚书。他出生书香门第，自幼天资聪慧。他祖籍在江南，父辈迁移到直隶河间的景城（今河北沧县）。他是父亲与第三位夫人所生，排行第二。

邂逅汀州　重情重义

"应知今日持衡手，原是当年下第人。"年少时壮志满怀却屡遭科场失意的纪晓岚，面对莘莘学子，总是认真谨慎，不遗余力地提携后学。在汀州，流传着他对梁氏爱才惜才的故事。听闻梁家是百年书香人家，却十几世无人为官。梁老爷子曾带着四个儿子一起参加应试。纪晓岚佩服梁家家风，点他两个儿子为优等。这两个儿子到北京参加会试，恰逢纪晓岚主考，又将其中一子点为进士。另一子虽然落第，可他的儿子后来进京会试，又是纪晓岚主考，也被点为进士。梁家三代，均奉纪晓岚为恩师。

如今，为了纪念纪晓岚，根据纪晓岚六世后人、画家纪清远先生绘制的画像，汀州试院内建了一座纪晓岚静坐读书的石雕像。只见他身穿侧面襟长衫，脚着布鞋，平实而朴素地坐在一条竹椅上。左手握着大烟斗，右手捧一本书，一双睿智的眼神凝望远方。身旁的石桌上摆着笔墨纸砚与茶壶，还有厚厚的《四库全书》。据史料记载，39岁的纪晓岚于1763年10月住在汀州试院。纪晓岚在汀州停留的时间不长，但重情重义的汀州人忘不了这位提携后学的大文人。

《四库全书》　名垂青史

《四库全书》是我国历史上最丰富、最完备的学术著作和文学专著，是它成就了纪晓岚名垂青史的伟业。它收书三万多册，约10亿字，分经、史、子、集四部。它的修成，对于搜集整理古籍，保存和发扬历史文化遗产，是一个重大贡献。此外，纪晓岚还撰写了《四库全书总目提要》，主持了《四库全书简明目录》二十卷，使之成为评介我国大量古籍的重要工具书。晚清张之洞评道："一读《四库全书提要》，即略知学问门径矣。"

然而，谁又知道为了完成这项浩大的文化工程，翰林院的一流学者们付出了多少艰辛的劳动，甚至以生命为代价。在乾隆帝的严厉责罚下，与纪晓岚同任总纂官的陆锡熊多次受斥罚赔，整日杯弓蛇影，最后在前往校书的风雪途中染病身亡。总校官陆费犀也屡次受罚，甚至去世后还被抄家，仅留下一千两银子安家费，其余充公作校书费用。纪晓岚同样难逃责罚。尤其是老年的乾隆愈发刚愎自用。《清代外史》曾载，一次他叱喝纪晓岚："朕以汝文学尚优，故使领四库书，实不过以倡优蓄之，汝何敢妄谈国事！"何谓伴君如伴虎？何谓高处不胜寒？史上的御用文人纪晓岚哪敢像《铁齿铜牙纪晓岚》电视剧那般，拎着个大烟袋在金銮殿上挥来舞去，敲和珅的脑袋，敲打天下的不平事。

著述杂记　天趣盎然

笔者很好奇，编著《四库全书》之余，纪晓岚为何还要花费十年心血著述《阅微草堂笔记》。读过史书才知道，原来这是走进他内心世界的另一扇窗。他自己的解释很谦逊："无复著书之志，惟时作杂记，聊以消闲。"历经流放与编书后，他对官场争斗与名声地位感到疲倦，所以写来解闷的。

纪晓岚编修《四库全书》

　　《阅微草堂笔记》属笔记体志怪小说集，共 24 卷 5 章，一千余篇，多是纪晓岚记录自己及亲友的见闻。他回忆自己四五岁时有"特异功能"，眼睛能看到黑暗之物；记载了汀州道台杨景素提起的漳州珍宝"金晶"；他通过鬼的评论，嘲讽老学究无一丝光芒；他讲述一个"惧内"的公狐狸被母狐狸殴打而找人评理的故事，想象鬼怪世界与人一样充满酸甜苦辣。他还借阎罗王之口，评论不作为的官员明哲保身、逃避责任，不如一个木头人，得出"无功即有罪"的观点。这个为官论断，即便在今天也十分适用。

　　纪晓岚在汀州的对联，亦被他记载在《阅微草堂笔记》中的《滦阳消夏录》："福建汀州试院，堂前二古柏，唐物也。云有神。余按临日，吏曰当诣树拜。余谓木魅不为害，听之可也，非祀典所有，使者不当拜。树枝叶森耸，隔屋数重可见。是夕月明，余步阶上，仰见树梢两红衣人，向余磬折拱揖，冉冉渐没。呼幕友出视，尚见之。余次日诣树各答以揖，为镌一联于祠门曰：参天黛色常如此，点首朱衣或是君。此事亦颇异。袁子才尝载此事于《新齐谐》，所记稍异，盖传闻之误也。"一百年后的汀州知府刘国光在《双柏歌》中对此事还有过记述："历自河间文达公（纪晓岚），轻轩下驾来采风。月夕摩挲偶仰视，两神隐现袍着红。"

鲁迅在《中国小说史略》中对《阅微草堂笔记》评价极高："雍容淡雅，天趣盎然，故后来无人能夺其席。"教育家蔡元培把这部作品与蒲松龄的《聊斋志异》、曹雪芹的《石头记》并称为清朝最流行的三部小说。

笑对风云　悠然自得

有这样一种生活情趣的人，是不愿花时间去与人争斗的。现代人津津乐道纪晓岚智斗和珅的故事，其实只是个美好的愿望。纪晓岚比和珅大26岁，基本没有可斗性。何况，和珅得势时，纪晓岚已饱受谪戍边塞和宦海沉浮，早磨砺成从容淡定了。有《八仙对弈图》题诗为证："十八年来阅宦途，此心久似水中凫。如何踩踏春明路，又看仙人对弈图。局中局外两沉吟，犹是人间胜负心。那似顽仙痴不醒，春风蝴蝶睡乡深。"能如此平静地对待得失，自然不会选择与当朝权贵为难。故而，史书从未记载这二人有正面冲突。事实上，身为汉人的纪晓岚谨遵世故圆滑的为宦之道，对待和珅始终持既不依附，也不抵制的中立态度。

2018年，为了却一睹阅微草堂的心愿，笔者前往北京。70岁的母亲陪着我，在北京西城区的晋阳酒店旁，找到了纪晓岚的阅微草堂。工作人员讲，它曾是岳飞的第二十一世孙，清朝名将岳钟琪的宅子。乾隆年间，岳氏开罪皇帝被抄家，纪晓岚便买下了此处，并在这里度过了他生命中硕果累累的30年，直到离世。他对这草堂颇有感情，曾赋诗一首："读书如游山，触目皆可悦。千岩与万壑，焉得穷曲折。烟霞涤荡久，亦觉心胸阔。所以闭柴荆，微言终日阅。"之后宅子几经易主，京剧名旦梅兰芳也曾拥有一段时间。2002年，在季羡林等人建议下，把阅微草堂四分之一面积修复为"纪晓岚故居"。

如今，这座故居不足400平方米，但它浓郁的文化氛围，依然吸引着成群的游客从天南海北赶来一表瞻仰之情。廊柱上有两幅纪晓岚亲笔题词的抱柱楹联："岁月舒长景，光华浩荡春""虚竹幽兰生静契，和风朗月惬天怀"。庭院

汀州试院双柏

中立着一幅石雕：纪晓岚右手靠背，左手提烟袋，惬意地听爱妾抚琴。讲解员告诉我们，这幅雕像是按照一比一的比例来雕塑的。纪大才子的身高才一米六二，却丝毫不影响人们对他的景仰。游客们排着队与石雕合影，都想沾沾他的才气。宅子里有他当年用过的文房四宝，也有今人的书法绘画展览。临街而立的紫藤萝树是纪晓岚亲手栽种的。数百年来，紫藤萝依然枝蔓盘绕，绿叶漫天，一代才子已人去楼空。

第二辑 汀州先贤

TING ZHOU XIAN XIAN

名人
汀州
MING REN TING ZHOU

长汀第一位进士罗彧

宋代《临汀志》有载："进士题名，旧志自唐开元末至大中间百余岁，中第仅得伍愿。又至宋朝太平兴国中亦百余岁，仅得罗彧。"民国时期黄恺元等人修纂的《长汀县志》亦载："太平兴国三年（978），罗彧登甲科，为建县以来第一个进士。"可见，唐宋时期的汀州进士寥寥无几。人称"公正廉洁"的宁化人伍正己，于唐大中十年（856）中进士，是汀州府的第一位进士。直至122年后，汀州府才出了第二个进士，也就是长汀县的第一位进士——宋代罗彧。

罗彧（951—1005），字仲文，长汀人，北宋太平兴国三年登进士。初任大理寺评事，后任桢州（今广东省惠州市）、筠州（今江西高安县）、成州（今甘肃省成县）刺史及检校都官员外郎。他博学多才、能言善辩、听断精明、秉公执法，同时奖励农桑、减轻租税、疏河通渠，使社会安宁，深受百姓赞誉。

亲历澶渊之役

《临汀志》还载："罗彧，少聪悟，尝慕荀文若之为人，因名焉。"原来，罗彧特别仰慕荀彧的为人，故自名"彧"。荀彧是东汉末年著名政治家、军事家，曹操最顶尖的谋士，被冠以"王佐之才"。罗彧仰慕仁义德政、德才兼备的人，故而，任地方刺史时，每遇争讼，社会不宁，他都会说："非人好讼，听者不明。"他微服私访，细察民情，严惩歹徒，视事剖决如神，减少了民诉，为民平了怨气。

宋真宗赵恒是宋朝第三位皇帝。景德元年（1004），契丹人建立的辽国入侵，多数大臣建议不抵抗。宰相寇准力排众议，劝帝亲征。双方会战在距都城汴京三百里外的澶渊。由于皇上亲征，士气大鼓，宋朝打了胜仗。但宋真宗惧怕辽国声势，以每年向辽纳白银十万两、绢二十万匹取得与辽国的妥协。这就是历史上有名的"澶渊之盟"。

明朝《八闽通志》有载："澶渊之役，或以太子赞善太常博士屯田员外郎扈从，命与宰相寇准参议机务。契丹乞和，或为报聘使。"罗或是陪伴太子读书的学官"太子赞善"。太子当上皇帝后，由于师生感情好，罗或被封了"太常博士"等一堆有名无实的官衔，跟随真宗一同征辽，并与当朝二品官员、宰相寇准共商军机大事。收复澶州后，罗或还以"报聘"身份，代表北宋使臣前往辽朝洽谈议和事宜。还有一种说法，当代文史专家邹子彬在《汀州风物志》一书中提出：寇准奉谕调兵遣将时，认定罗或是胆略过人的贤臣，故而召他进京，晋升为员外郎，随从真宗一同出征。战中，又命罗或独赴敌营游说利害关系，劝说辽国为了两国和平，签订了退兵和议。

单骑说退辽兵

邹子彬前辈写有《罗或单骑说退契丹兵》一文，讲述这位汀州乡贤出使澶渊的精彩表现。他说，澶渊之役，罗或单骑直抵敌营，凛然大义地游说道："这次大宋皇帝御驾亲征，锐师十万，猛将百员，兵强马壮。主将此时退兵还不失为契丹勇将。"敌军的刀斧手一拥而上，把罗或捺在地上。主将萧达览吼道："你死在眼前，还有何言？"罗或哈哈大笑："自古交兵不斩来使。如横蛮无信，我为大宋出使而死，青史留名！"

第二天，万名契丹骑兵涌至潭州城下，来势甚猛。恶战中，寇准一声号令，"床子弩"发矢如雨。契丹兵将纷纷倒地、陈尸遍野，大败而退。这"床子弩"实在了得，由几十个人转动轮轴，靠几张弓的合力将一支箭射出，射程可达500米。澶渊之役，主要是靠这个远程武器令契丹士气大挫。契丹主将萧达览后来也是中床子弩箭而亡的。兵败后，萧达览想斩来使消气。罗或从容道："斩我不过一个使臣，可叹契丹从此沦亡，夷为平地。主将难道愿灭亡种族，而不怜惜无辜的大小？"这句话令萧达览心里一震。他再三权衡利弊，终于命手下松绑。罗或说："大宋与契丹乃是兄弟之邦。何必自相残杀？我来见主帅是为和平，望慎重考虑！"萧达览初战失利，知难取胜，怕一旦全军溃败，将无颜回见契丹主，因此与罗或签订退兵和议，并写下了不再战争的誓约。不久，契丹撤军，罗或顺利回潭州复命。宋军胜利回京。

罗彧单骑说退契丹兵

衣锦还乡故里

　　成语"衣锦还乡"指的是古人当官后，穿着华丽锦绣的衣服回乡向亲友夸耀。该典故源于《旧唐书·姜暮传》："衣锦还乡，古人所尚。今以本州相授，用答元功。"另一种说法，源于司马迁的《史记·项羽本纪》：楚霸王项羽攻占咸阳后，有人劝他定都关中，但项羽乡土观念很浓厚，说："富贵不归故乡，如衣绣夜行，谁知之者？"正因为一心想在江东父老面前扬名，反成了项羽的一代英雄悲剧。

谁能料想,中国人几千年来念念不忘的"衣锦还乡、荣归故里",竟然和宋代罗彧以及长汀地名扯上了关系。《临汀志》有载:"长汀县,倚郭。乡三。衣锦乡,管里六,在长汀县东。以真宗赐罗彧锦旗云'明时衣锦还乡',故名。"清乾隆版《汀州府志》亦载:"罗彧,朝廷嘉其劳,特除诸路提点使,赐锦衣金带锦旗,以示褒异,仍知本州事,道卒。"原来,宋代长汀的衣锦乡是依宋真宗赐给罗彧"明时衣锦还乡"的锦旗而取的地名。

这位宋真宗并不简单。"澶渊之盟"之后,宋辽之间维持了120年的和平局面。他在位25年里,北宋进入了经济繁荣时期。历代文人最津津乐道的"书中自有黄金屋,书中自有颜如玉",也出自宋真宗御笔亲作的《励学篇》。

1005年,54岁的罗彧提出告老还乡。宋真宗奖赏了他知本州事的二品官职。可惜,他未到达汀州,就在途中病故。朝廷赐葬,并入祀乡贤祠。宋真宗赐给他"明时衣锦还乡"的锦旗,就用作了他在长汀住所的地名,从此改称"衣锦乡"。据说,长汀城西十里路至今仍有一座山,名为"锦旗山"。

放下史书,有时会想一想,倘若罗彧来执政汀州,会有怎样一番成就,会给家乡带来多大变化?可惜啊。

王捷，汀州炼丹第一人

我的家乡汀州群峦叠翠，风景秀丽。明代二品官员、汀州人马驯曾写有《鄞江八景诗》，皆冠以胜景名称：龙山白云、云骧风月、霹雳丹灶、拜相青山、朝斗烟霞、宝珠晴岚、苍玉古洞、通济瀑泉。从此，"汀州八景"的美名流传至今。其中的霹雳丹灶和拜相青山还有一段典故，那就是北宋王捷在此炼丹冶金，从此夜走京城，赠金皇上，成为第一个扬名天下的汀州人。

不过，家乡人似乎不大以这位炼金奇人为荣。清朝汀州学者杨澜在文史著述《临汀汇考》曾遗憾地说：汀州人文未启，忽于左道中先创一奇，以商贩至节度使，像这种踪迹诡异之人，不出现在都会要区，却降生于偏僻的汀州，真是不可思议。

且不论后人如何评说，我们先来看看王捷何许人也。王捷，字平叔。北宋史学家王辟之在《渑水燕谈录》中有载，王捷少年时在江淮一带做生意。宋真宗咸平年间，在江西九江星子县遇见一位道人传授炼金术，并告诫他见到皇帝后方可显露本领。王捷想不出什么办法见到皇帝，就在江西上饶街头装疯。结果没见到皇帝，反被发配充军岭南。他逃回京城，冒死见到皇上，从此在宫中炼金。据说还真的炼出了金子，常献给皇上以资助国资。王捷死后，朝廷以其功大，赠岭南节度使。宋真宗皇帝还敕令塑王捷像，建祠于景灵宫，并将他的炼金炉、炼金残药保存于御府内，以示纪念。人们尊称他为"烧金王先生""富国先生"。

王捷会炼金银，但他生活却十分俭朴，不敢枉费。除了上缴国库，只拿它"周济贫乏、崇奉仙释"。据说，汀州开元寺就是他捐资建成的。

王捷的炼丹之所，就在长汀县城的霹雳岩。霹雳岩由众多霹雳石组成。霹

王捷炼丹冶金

霹雳石俗称雷打石，多指石头中开有一缝，断面齐整，似刀削斧劈，又似闪电雷击。这样一组组怪石奇景，巧趣天成，成为汀州名胜。长汀邹子彬在《汀州风物志霹雳丹灶》一文中写道："内峭岩嵌空壁立，崎岖苍古，有穴壑称为炼丹炉灶，石色黑黝而带丹痕。民间传为迅雷劈开。岩前有条小溪，名曰金沙溪。不远有山坑小渠，水流经年浑赤，叫红朱坑。山坑中往往可拾红朱石。红朱石能练汞，正因为有这种天然条件，故王捷在此烧金。"

除了霹雳岩，王捷还有一个修道之所鸡笼山。清乾隆版《汀州府志》载："鸡笼山，县西成上里。旧经云，高十五里。《九域志》载为古迹，王中正修道于此。曹学佺《名胜志》作宋邑人王捷，字平叔，修道于此。"《九域志》是北宋中叶的地理总志，可见，早在五代，就有人在此建庙了。明代官员、学者曹学佺也证明王捷在此修道。《八闽通志》亦载："鸡笼山在府城北成上里。以形似名。旧传宋时王中正成道之所。郭祥正诗：'神仙之府名鸡笼，千寻翠玉擎寒空。秀色凌风入城郭，半街晓日金蒙蒙。'"如今，知道鸡笼山的人并不多。多数人认定它是长汀名胜、省级自然保护区四都镇的归龙山，又名观音岭。宋代诗人、汀州通判郭祥正的这首《观音岭》诗亦可作凭证。这两处被王捷选来修道炼丹，大概因为它们都天钟地秀、奇石嶙峋吧？

如何看待王捷炼丹？论文《中国古代炼丹术的化学成就》提出："炼金活动在我国古代曾经盛极一时。宋真宗赵恒就曾命方士王捷替他用铁炼制'鸦觜金'，铸成'金龟''金牌'赐给近臣。作为现代化学的幼稚阶段，古代炼丹术

霹雳岩

追求的目的是荒诞、迷信的，但历代炼丹家亲自采药制药，做的种种实验，倒是为后人留下了宝贵遗产。"这种观点，笔者比较赞同。当代作家梅毅写作了关于宋代历史的《刀锋上的文明》一书。其中《天书降神泰山封禅：宋真宗一次可爱的行为艺术》一文，提到在王捷等人支持下，宋真宗举办了声势浩大的"泰山封禅"活动。梅毅的结论或许有几分道理，针对辽朝上层好神信鬼的习气，宋真宗君臣搞的天书频降等大把戏，说不定还对辽国君臣起到了一定震慑作用。

当代著名作家、福建泰宁人萧春雷曾在《汀州炼金术士王捷》一文中评论道："若说王捷造的是假金骗人，可是能蒙混天下那么多人，直到沈括的时代还不暴露，那也与真的差不多了。要是真金真银，他一个流配犯人哪来那么多钱财，连皇家都倚为靠山？"所以他幽默地得出结论："炼金术是东西方都感兴趣的一门学问。炼金术士不一定都是些骗子，其中也包括了最伟大的科学家。1936年，英国经济学家凯恩斯在拍卖会上购得一批牛顿的秘密手稿，其中关于炼金术的部分就超过百万字。英国作家迈克尔·怀特干脆写了本《最后的炼金术士——牛顿传》。既然迷恋炼金术没有影响牛顿的伟大，王捷的故事就算不得什么了。"

南宋名儒杨方

南宋名儒杨方是长汀人，他清正高风的思想品格和崇尚理学的钻研精神，成为汀州后学的表率，师传百世并令后人受益匪浅。

据清乾隆版《汀州府志》、福建师大文学院教授涂秀虹的《杨方：刚正其人，清简其诗》等文载：杨方，字子直，号澹轩，汀州（今福建省长汀县）人，约生于南宋绍兴四年（1134），卒于嘉定四年（1211）。南宋孝宗隆兴元年（1163）赴临安（今杭州）中进士，任命为弋阳县尉，负责弋阳县治安。杨方认为这不是自己的志向，没去履职。返汀途中，他听说著名理学宗师朱熹在教授"二程"正学，便欲拜他为师。"二程"是河南洛阳的两兄弟程颢、程颐，二人曾就学于周敦颐，并成为宋明理学的奠基者，故世称"二程"，他们的理学也就称为"洛学"。朱熹见他饱习经学，会试刚中了进士却不去赴职，感动于他的诚意，于是便传授了自己的所学。杨方校订了周敦颐的《太极通书》，协助朱熹恢复了白鹿洞书院。还全力以赴地为朱子的《廉溪通书》藏本精加校订，使之流芳百世。78岁时，杨方在象州病逝。宋《临汀志》、明嘉靖版《汀州府志》与明《八闽通志》均称他"清秀笃孝，行己拔俗"。

不谋从政　向往著述

杨方以立场坚定、修养纯粹知名于世。朱熹十分器重他，曾三次推荐他担任官职。第一次经吏部陈侍郎推荐，杨方奉命往清远县担任主簿。他不想去。朱熹劝道："志士应当以国事为重，而不在职务也。"他谨慎谦虚、刚正不阿。不久，广东的廉使姚孝资推荐他代理曲江县事一职。他又以勤政刚正出名，于

紫阳祠

是改任武宁县丞。然而，杨方仍认为自己的志向不在于此。他写信给朱熹，想重上武夷跟随老师从事著述。此时，南宋名臣、学者赵汝愚在四川任职，朱熹第三次力荐杨方。到了四川的杨方以博学敏捷赢得上司喜爱。赵汝愚向朝廷举荐了他。杨方受到宋孝宗召见。宋孝宗对他中肯得当、言辞恳切的时事评论十分满意，感叹其为隽才，招他到杭州，授以内阁编修职务。宋宁宗登位后，授予杨方秘书郎，外调为江西吉州太守。此时，佞臣韩侂胄为排除异己，诬陷朱熹正学为"伪学"，并与赵汝愚勾结用"伪学"愚民。宋宁宗不明真相，下旨禁止朱熹讲学，并罢免了赵汝愚。杨方受到株连亦被罢免。

杨方闲居在江西虔州（今赣州），在南门外筑了一间草庐，布衣布履，不谈政事，闭门读书。因他所住的地方种了不少淡竹，故晚年自号"淡轩老叟"。不久，韩侂胄被处死，赵、朱的党禁被解除。杨方被重用为江西抚州太守。嘉定十年（1218），由于善于办案，牢狱无冤囚，朝廷拟推荐杨方为杭州太守，后又改授为宝谟阁直学士，出任广西提刑。宋《临汀志》记载了杨方《送长汀薄张振古解印归》两首绝句："积刚自许挟浮云，拂拭平生欲佩君。匣古年侵春晕涩，忍随人课割铅勋。""张公不是病参军，晚出犹将一事君。耿介只今无伴处，秋光诗好与谁闻。"长汀主簿张振古因刚正有守而辞官。杨方作诗为朋友送行，称赞他不忍苛求百姓的爱民举动，亦表达二人刚直耿介、惺惺相惜的真情。杨方还有一首《在汀怀晦庵夫子》咏怀诗："晦庵教诲龟山髓，垂橐归携伊洛章。隽永清言倾麈尾，欢欣挂颊羡鱼翔。心随雁影向千里，案置河图见万方。观罢乍闻松子落，新书欲就且彷徨。"晦庵是朱熹的号。此诗表达了杨方对恩师朱熹多年来殷殷教诲的师生情谊，以及屡次提携，劝其国事为重、为朝廷效力的怀念和感恩之意。

师从朱熹　钻研理学

朱熹有三个杨姓徒弟，即杨楫、杨方、杨简，他们都是南宋颇有成就的理学家。其中，杨楫是福建长溪县瀲村（今霞浦县）人，日夜为朱熹整理文稿，在理学方面造诣颇深。杨简是浙江慈溪人，发展了陆九渊的"心学"，创立了慈湖学派，在中国儒学发展史上地位显著。杨方则补充、发展了朱熹的心论学说。

常年担任基层官吏的经历，让杨方对朱熹脱离实际，片面强调"存天理灭人性"的理想化道德主义，有比较清醒的认识。他提出：对人心，应当"皆率其本真，而不涉于矫拂"，即顺应人的本真之心，发挥人的良知，摒弃外界及世俗强加的要求。清乾隆版《汀州府志》入选他的《原心》一文，便表达了这种观点。当代作家马卡丹、天一燕编著的《闽西文学史话》一书，也摘录了这篇哲理散文，称赞杨方逻辑严密的文学特色与哲理思想。《闽西日报》刊登过《汀州王衙前》一文，提及南宋乾道四年（1168），进士刘子翔任汀主簿时，力主办教育启后贤，捐购民房创建了东山书院。南宋理学大师朱熹、汀州名儒杨方等人，都在东山书院讲过学。而清代汀州史学家杨澜的史学著作《临汀汇考》与当代文史专家、长汀人邹文清的《朱文正公：您去过汀州吗？》一文，皆考证朱熹并未来过长汀，只是于乾道六年（1170）左右回故乡崇安省亲，与同样归家的妻舅刘子翔有诗作酬和。故而，朱熹的《次彦集再适临汀留别韵》作于闽北崇安，而非闽西汀州。笔者亦认为，历史上朱熹是否来过汀州并不重要，重要的是在杨方、郑中立等几代高足的努力下，理学在汀州等客家地区得到了深远的传播。

南宋后期，莅临汀州的客寓官员也有不少理学中人。他们兴学校，讲修养，崇先儒，推行理学。嘉定十六年（1223），为给读书人树榜样，汀州郡守赵崇模在汀州郡学的右侧创立了朱文公、杨考功（杨方）二先生祠，还拨田长期供养该祠。淳祐年间，宰相陈显伯到汀州考察，慨然有下车修教之心，专门开辟了元公（周敦颐）、"二程"、"二张"（关学的代表人物张载、张栻）、朱子祠，并配上了汀州本地的理学代表郑中立、杨方。这些祠宇视理学名家们为人生楷模，促进了当地理学的传播。

明隆庆年间（1567—1572），为褒扬闽学鼻祖、福建将乐人杨时（号龟山），明穆宗命人在汀州城西建了龟山公祠。祠内奉祀杨时，配祀朱熹、杨方。该祠堂既为纪念杨时、杨方等先祖，也为杨氏后人提供了在汀州府读书的安身之所。开国上将杨成武上城求学时，曾居住于此，并接受了老师张赤男的思想熏陶，走上革命道路。清康熙年间，汀州督学车鼎晋带头，在汀州东门，汀江河畔修葺了"紫阳祠"，奉祀朱熹，配祀杨方。1995 年，移居香港的汀州人林太阳捐资重建了紫阳祠，使之成为龙潭一胜。近年来，杨氏后人修复了汀州龟山公祠。如今，海内外的仁人志士与游客常来瞻仰，思考理学在中国与客家历史上的贡献。

清廉公正　南宋"包公"

杨方为官清廉公正。担任广西提刑二十多年，他办案数百起，力纠各县错案，明察冤狱，铲除恶霸。所到之处，百姓无不额首以庆。他十分爱民，凡是疑案，事必躬亲，从不用刑审讯，而是调查取证，按律量刑。凡证据不足者，他绝不定狱。因此，即使是违背法律的人，对他的判决也心服口服。其中，最著名的案件就是他铲除了当朝权臣史弥远的义子、廉州（今广西廉州）副将史无忌。

原来，史无忌擅长武功，越屋跳墙如履平地。他本性好色，仗着义父无恶不作。一次，珠宝商倪元吉北上经商。史无忌夜半登楼，偷了明珠，强暴了其妻杏娘。之后，倪元吉返家，被史无忌打晕。不久，倪元吉失踪。原来史无忌捕捉了江洋大盗"浪里蛟"，骗他说杀了元吉，就可以放他逃生。不料"浪里蛟"行凶后，却被史无忌打晕并一起溺杀藏尸，又强霸了其妻雪云，掠夺了他家珠宝。杨方到廉州后，接到史副将强占民家妇女的状纸。他感到事关重大，立即派人监视史无忌。事实确凿后，立刻捕史下狱，并在民间搜集罪证。一日，江潭中忽然有鱼群聚而不散。杨方到岸边观察并询问渔夫，原来潭中有不少洞壑。他命人游入潭中，发现二具男尸，正是倪元吉与"浪里蛟"。不久，在廉州县衙开审。杨方命杏娘、雪云等控诉，人证物证俱全，史无忌杀人霸妻、勒索劫财，手段残酷，处以极刑，立即推出执行。史弥远虽权势显赫，也鞭长莫及。杨方不畏权势、驱邪扶正、清正廉明、刚正无私的品行深受人们的爱戴。史称他"南宋包孝肃"，又称"南宋包公"。

现代史学家邹子彬在《龙山诗文集》中，记载了杨方在家乡破获的一宗奇案。嘉定末年，杨方获准回乡省亲。此时汀州正发生奇案。原来，城外农民邱老三，为独子邱荃盛娶了一名俊俏女子莲芳。婚后夫妻和睦。满月后，莲芳回娘家住了半月。荃盛想念妻子，到丈娘家去接。回家时经过一座古庙，莲芳进去解手。出来时，发髻零乱，脸上泛红云。荃盛把疑虑对父亲说了。邱老三早听说这古庙有妖异，便想到庙桥头烧纸钱送野神鬼。不料夜里，突然"轰"的一声雷鸣，邱老三被震倒在地。等他醒来，儿子已被"雷"击毙，烧得焦黑残缺不全，莲芳已不见踪影。县令派仵作去验尸，却看不出究竟。莲芳的父亲思女心切，上诉汀州州衙。太守查问了县衙验尸经过，列为悬案。恰逢杨提刑返汀省亲，林太守早听说了杨方"南宋包公"的大名，立即拜谒，请他协助办案。

杨方察看了雷击现场，叮嘱太守派出两批衙吏，一批暗察汀城谁家卖的硫黄最多，另一批负责打探谁与莲芳有往来。不到五日，查明一名打鸟兽为生的外省青年阿雄，平时与莲芳常有接近，现在突然不见。一个月后，阿雄、莲芳双双被捉拿归案。原来，两人常到古庙鬼混。莲芳婚后回娘家还在庙中相会。杨方道："凡雷击都是自上而下，一般炸焚树木，不会炸地下。而邱家房间不但屋梁炸飞，床侧的土坑也被揭去，故而邱荃盛是被放火药在土坑被炸而死。经调查，阿雄共两次购买火药，制造假雷杀人夺妻，罪大恶极，应判死刑。莲芳并非主谋，判劳役十年，由太守定夺，上报批准执行。"

这位刚直廉政的长汀人，在广西任提刑二十多年后，回到长汀居住五年，仍然住旧房子，也没有置买田地。后来，在广西象州太守的邀请下，他又回到广西定居。七十八岁高龄时，因著述劳累，病逝于象州。明嘉靖版《汀州府志》载："杨方以疾终，桂岭耄稚闻之，莫不涕泣。菊坡崔与之祭先生文云：'一死为民，可谓明白。'北山陈孔硕挽诗云：'南民何德辱公忧，六辔周遭死始休。'观此，则见公之为人矣。"菊坡崔是南宋名臣、诗人，广东人，曾任广西提点刑狱，后任右丞相兼枢密使。陈孔硕是宋朝侯官县（今福州市区）人，有政声，曾任职广西，后进秘阁修撰致仕。除了官宦同僚的赞誉，百姓更是为他一生为民而啼哭，万分不舍。

元朝战将罗良

历史文化名城长汀，除了汀州试院、府学、汀州府文庙、朱子祠以外，还有世间罕见的汀州古井"双阴塔"。此塔是唐代古井"八卦龙泉"和宋代"府学阴塔"的合称。碑文记载，汀州人建造"双阴塔"，目的为"以镇文风"。一千多年过去了，双阴塔依然井水不枯，清澈见底，一如汀州人才辈出，源源不断。而这些杰出代表中，就有元朝末年的名将——晋国公罗良。

武略超人　乱世义起

罗良（？—1366），明万历版《漳州府志》、1993年版《长汀县志》等载，漳州总管罗良，字彦温，号云峤（云峰），汀州府长汀县大同乡罗坊村人。元至元四年（1338），南胜（今平和县）畲族农民起义首领李志甫率兵围攻漳州，守将搠思监战败。罗良变卖了家产招募乡兵，跟随行省平章政事燕只不花迎战李志甫。

《元史》《漳州大事记等》载：李志甫率农军在九牙山起义反元后，元廷调江浙行省平章燕只不花统浙江、福建、江西、广东军镇压，被起义军打败。为挽回败局，燕只不花起用了熟知当地情况的李志甫的老乡陈君用，组织地方武装夹击义军。至元六年（1340）三月，陈君用袭杀李志甫，持续三年的反元起义遂告失败。镇压李志甫起义后，陈君用被授为漳州路总管府事，罗良也被任命为长汀县尉。

保境安民　千古留名

《长汀县志》《漳州大事记》等载：罗良因相继平定战乱，提升漳州主簿，南剑士翼千户，漳州新翼万户。至正十八年（1358），南靖县民李国祥与潮州民王猛虎等率义军攻陷南诏，总管罗良率兵平定。这一年，罗良升漳州总管，由他的儿子罗安宾承袭南诏屯田万户府。元至正二十二年（1362），罗良以漳州中书分省右丞据漳州路自立。在他的治理下，漳州秩序井然，百废俱兴，连年丰收。这时的北方却连年歉收，朝廷告急勤王。至正二十三年（1363），罗良从漳州港亲自走海道，押送五十艘船粮食到渤海湾交给辽东大都军队。由于屡立战功，又忠于职守，罗良深得元顺帝赞赏，诏授他为光禄大夫兼内劝农防御使，并进封晋国公。罗良的祖父罗天麟追封为正国公，父亲罗兴峰追封为参知政事。

罗良镇守漳州的十余年间，颇有政绩口碑，深受百姓爱戴。他修建文庙，创建清章书院，重视育才养士，全力发展农业，奖励开垦土地，定赋均匀，兴利除弊，督责务农勤慎。他还建谯楼，迁驿舍，筑城浚池。百姓的诉讼，他认真查核，着实解决。邻县灾民逃荒到漳州时，他不拒绝，还救济安置。身为漳州总管与守臣，他注重寓兵于农，入耕出战，食足兵强，使得漳州军威大振。

罗良保境安民，漳州人民为他建了塔口庵经幢。塔口庵经幢最早建于宋绍圣四年（1097）。宋末毁于战火。到了元代至正年间，为了纪念罗良，重修了塔口庵经幢。《龙溪县志》载，塔口庵是："陈友定、罗良巷战处，有塔。"此后，当地百姓认为连年战乱死伤，此地秽气甚重。而罗良生前是个猛将，恐其死后亡魂作祟骚扰居民。于是，众人集资建了一座庵和一座刻有佛家浮屠的石头塔进行威慑，奉祀观音并配供罗良神以保一方平安。因有庵又有塔，故称"塔口庵"。明代崇祯十五年（1642）重修。如今，塔口庵经幢成为福建省文保单位。该庵供奉着罗良神像，香火仍然很旺。庵前还有一株巨大的榕树为塔口庵遮风避雨。

六百多年过去了，人们没有忘记这位忠义战将，罗氏后代也一直在寻根问祖。2016年，福建省平和县罗氏后人罗时章写了一篇族谱探究文章，让我们对罗良后代有更多了解。原来，明朝执政后，罗良子孙因是元朝将后，恐遭诛杀，故而避乱不仕，隐居于漳州府的平和、大埔、云霄等偏僻深山居住。罗时章得出结论：平和长乐、大埔坎夏、云霄呈奇岭等罗姓子孙，均属罗良将军后裔。

在名将罗良的故乡——长汀县大同镇罗坊村，当地民众更是奉罗良为神明，数百年来都在传颂他的英雄事迹。早在明代初期，罗坊就建有"汀州晋国公祠"，供奉罗良塑像。从那时起，巡游晋国公罗良的民俗就一直流传至今。每年农历正月初九，罗坊都热闹非凡。村民们身穿节日盛装，扛着罗良将军和罗公祖师的塑像走村串户、来回巡游，后面还跟着龙灯、竹马灯、九连环等汀州客家传统民间文艺表演。家家户户都参与纪念祈福，队伍所到之处喜炮齐鸣。2009年，长汀成立了罗良文化研究会。会长黄珑告诉笔者：当年罗良投军卫国漳州，立下功勋，被封为晋国公。后来，罗良在漳州以身殉国。其事迹被汀州府、漳州府民众广为传颂。如今，罗良后代虽不在长汀，但家乡每年都要举办罗良将军的巡游民俗活动，目的就是要传承他保家卫国的爱国主义精神，弘扬他崇尚忠义的客家人文情怀。

治世能臣马驯

历史上官衔最高的汀州人，当属明代都察院右都御史马驯。他不畏强权、敢于直言、为民请命、防边治乱、屡建功勋，为国家安定和社会稳定立下的赫赫业绩，至今仍在汀州民间广为传颂。马驯（1421—1496），字德良，自号乐邱，明代成化年间人，生于汀州府长汀县四堡乡马屋村。他从政 42 年，历任正统、景泰、天顺、成化四朝官职，皆得朝廷器重，多次受到嘉奖。自部员累官都宪，封政议大夫，直至都察院右都御史，安老还乡。他的传记载入《中国历史名人大辞典》。由于 1951 年四堡乡划入连城县，2015 年，马驯入选为"连城县十大历史杰出人物"。

勤政廉明　救灾济民

明嘉靖版《汀州府志》《连城县志》等载：马驯出生于明永乐十九年（1421）正月初一。自幼聪颖过人、勤学不辍。童年入塾读书，10 岁成为府学生员，14 岁补郡庠生，23 岁中举，24 岁中进士，显示出管理钱粮财赋等不凡才能。29 岁授户部江西司主事，30 岁奉命赴九江征收钱粮。因办事干练，卓有成效，提任为户部主事。38 岁提升为户部郎中，39 岁奉命总督宣府（治今河北宣化区）粮草。马驯悉心筹划，措置得当，省却了运费的三分之一。上司对他非常器重，推荐为四川承宣布政使司左参政。

马驯重视农桑，爱民如子。初入蜀时，恰逢四川民变。守臣因为库存空虚而忧急。马驯发挥理财才能，认真核实府库库粮，得到数百万斛供给军需，获得朝廷嘉奖和赏赐。明成化九年（1473），他升为右布政使。成化十一年

(1475)，播州（今贵州遵义）发生民族动乱。马驯从库藏中调出军粮，既减轻百姓负担，又及时供应边寨军饷，免除了外地远道运粮入川的运费。成化十二年（1476），他又受朝廷敕书嘉奖，升为四川左布政使。

成化十四年（1478），四川松潘县因官府腐败，民众举事，边境骚乱，守将请求兵部派军征剿。时任四川承宣布政使司左布政使的马驯极力反对，主张以德怀抚。可是没有被认同。他上书《恳惜征剿大费，俯从抚安长策疏》给兵部尚书，指出四川松潘地近吐蕃（今西藏），边民往来倏噪倏宁，本属正常。只因陕、甘守臣措施不当，引起边民不满，才武装进扰。若官府治政得法，抚谕有方，自可免除民乱。而总兵徐进、千户金城轻率力主大兵进剿，若逼之太甚，容易引起大变，且糜费军用，倍增四川困难。故应速止大军，派员招抚为上。若马驯招抚不成，则愿受玩"寇"之罪处置。然而，他的奏章还没有送达，大军已经出动。结果应验了马驯所言，大乱遂起，军费耗巨，并且矛盾加剧，兴兵无功，不得已只好派员招抚，才平了民乱。人人都佩服马驯的远见卓识，称赞他为国家安危敢于直言切谏。

成化十七年（1481），马驯提升为都察院左都御史。他奉旨出巡湖南。恰逢关中（今陕西省）饥荒，大批灾民南下，涌入湖广。马驯认为："流民亦吾民也！此辈本非自甘而流，实迫于灾荒无以度日。"立即命令府、县开仓赈济，还劝令殷富"平粜"以济民，反对捕逐流民。他的爱民举措感动了当地富商与居民，大家纷纷捐粮捐物。无数饥民得救，无不感念其德。不久，湖南、湖北遇水灾。马驯会同湖广监察御史等人亲自前往了解灾情，并上奏本《乞恩减赋救灾，安民以安国本疏》。他写道："臣目击山居煮叶，水居捕鱼，田园如洗，家室若枯，百姓之色皆黧然，欲就死也。……实不禁泪之洒臣襟也！"主张"对将死于饥者，预先计口赈之"；建议朝廷减免灾区田租之半，并提出对灾民骚乱宜赈抚，不宜镇压的主张。马驯的悯民之情打动了朝廷，获准所奏，灾区饥民得以解救。针对某些地区出现趁乱打劫的现象，他贴出布告：从乱者杀无赦，安分守己者，将按口授以口粮，一定不让饿死。由于采取了得力措施，制止了混乱，湖广大规模的灾荒和流民问题得到妥善解决，安定了局势。襄阳数十万名受灾百姓都有了活路。

成化二十一年（1485），贵州守臣请求征讨苗民，向湖南索要兵源与粮饷。马驯上疏极力劝阻，汉、苗人民始免于难。连城籍作家吴德祥写有一篇散文《勤政爱民的明代能臣——马驯》，对这位载入史册的良臣饱含爱戴之情。他评价道，马驯之所以能身居高位而善始善终，得益于他一生勤政廉洁，一心为国为民。

善谋远虑　谕俗育乡

马驯一生著述甚丰，其上兵部止兵揭帖，奏请减赋诸疏，皆切实可行，还有多篇奏疏、诗作传世。其《边防军事策》全面地反映了他的战略战术，彰显了对北方边防形势的透解，是一篇价值重大的军事策论。

他的《谕俗四章》更在民间广为传唱，其中两段为："财也是宝，子也是宝，财子双全家更好。这般事，难计较。算来都是天公造。有财无子富何归？有子无财贫莫恼。生也有靠，死也有靠。""田不用多，屋不用高，奉身何用太奢豪。黄金阁，珍鼎饰？一安饱外枉营劳。陋巷箪瓢真是乐，阿房宫殿竟成焦。不才子孙，如火燎毛。"他的后人、当代著名文史家马卡丹，对这位叔祖十分敬仰。马卡丹著有散文《拍掌临风》，记载了马驯的诸多史迹传说。他写道，致仕归来，马驯是着力要为家乡做点事的。二品大员退休归乡安置，地方官对其自然敬重有加，开口为族人谋点福利，大约不难。马驯却绝不为此。他捐俸禄，倡建宗祠、修族谱、寻觅"扶风十景"，要的是增强宗族的凝聚力，增强族人的自豪感。而撰写《谕俗四章》，则是以文化人，寄望乡人安分知命，积德行善。奇怪的是，他绝口不提读书入仕，这与客家人耕读传家的理念似有不合，想一想倒也释然：一则，谕俗面对的主要是农耕族众，大多无缘读书，仕进与其并无多大关联；二则，数十年官场险恶铭心刻骨的体验，令他"悔作宦游客"，又怎会以读书仕进去激励后昆？他的四个儿子，据称都是文章锦绣、珠玑满腹，却没有一个去科场征逐。他也从未动用二品大员的资源，为儿孙营谋。这大约正是其"悔作宦游客"的注脚。

是啊，奉身何用太奢豪！这段中肯的评价，或许也是马卡丹等马氏后辈对人生的独到看法与见解吧？

归隐汀州　咏八景诗

成化二十三年（1487），67岁的马驯告老还乡回汀州居住。他在汀州城郊十里铺的张家陂盖了几间房，称皆山堂。十里铺的无名山上松竹葱茏、烟霞缭绕。登上山腰，山峦田畴尽收眼底，令人心旷神怡。在生命的最后十年，马驯一直居住在此。他自筑"懒云亭"。以他为首的汀州进士周烜、周冕，汀州知府黄琧、汀州知州廖辅等12位文人，每月聚会诗酒唱和。马驯为自己取了雅号"乐邱",意为"仁者乐山"。人们尊称他为"乐邱翁"。这座山便美名为"乐邱山"。

汀州八景便是马驯与老友们在游览山水中选出来的汀州名胜。他们分别和有《鄞江八景诗》，均冠以胜景名称：龙山白云、云骧风月、霹雳丹灶、拜相青山、朝斗烟霞、宝珠晴岚、苍玉古洞、通济瀑泉。明代嘉靖版《汀州府志》详实地记载了马驯的《鄞江八景诗》：

《龙山白云》："郡城有山何蜿蜒，恍若神物蟠其间。白云叆叆笼穷巅，依依约约相盘旋。云兮何日从龙去，大沛甘霖雨如注。直须一解枯槁容，山下苍生正延伫。"

《云骧风月》："临江高阁真奇特，巍巍直与白云接。山光野色横目前，不数腾山擅雄杰。清风一榻快无边，皓月满户堪留连。闲来登眺足嘲咏，从教乞与不论钱。"

《霹雳丹灶》："灵山底事干天公，一声劗划成罏錍。我知老雷有深意，下与人世开朦胧。只今灵灶宛如昨，神物护持畴敢谑。我欲寻求九转丹，吁嗟老仙去寥廓。"

《拜相青山》："高岗巉嵬难攀缘，擅名拜相从何年。一排翠黛横目前，恍若人拜形依然。由来地灵毓人杰，此事真诚非浪说。九重他日需贤良，曾看幽岩起伊说。"

《朝斗烟霞》："仙岩截嵲偎半山，山在杳霭青冥间。牛羊下来日向夕，团团引素仍流丹。胜游到此心境适，笑傲徘徊忽移日。采霞我欲学长生，紫芝瑶草无人识。"

《宝珠晴岚》："鄞江初晴宿雨收，晓看岚气笼山头。非云非烟亦非雾，若聚若散兼若浮。应是天孙有余暇，特向山间挂图画。褰衣我欲一登临，恐惊白云不敢下。"

《苍玉古洞》："苍苍屹立百尺崖，洞门不计何年开。红尘半点无由到，唯有浮云时往来。断碑只字藤萝蔓，扫破莓苔还可玩。频频快读三四过，长啸一声白云散。"

《通济瀑泉》："悬崖飞瀑鸣汤汤，界破青山中一行。天孙欲制云素裳，织就白练千尺长。叹予宿癖在山水，纵日徜徉殊可喜。兴来远和沧浪歌，万斛尘襟欣一洗。"

人到老年，历经荣辱，他享受着"清风一榻快无边，皓月满户堪留连"的人生况味。原来看淡一切之后，还是回归山水最开怀。闲暇之余，马驯常在汀州府城与四堡马屋之间往返，并率马屋村民以马氏郡望"扶风"冠名，开辟出

云骧风月

梅岭堆蓝、珠峰映翠等"扶风十景",并题有清新动人的"扶风十景诗",抒发对家乡山水的眷恋。

四朝元老　功绩卓著

马驯在长汀、连城一带的遗迹很多,在汀州留下的故事也很多,至今仍为乡人津津乐道。甚至有人传说,明清全国四大雕版印刷基地之一——书乡四堡的雕版印刷,鼻祖是时任杭州仓大使的邹学圣,或时任汉口巡抚湖广的马驯,这两人中的一个。

当代闽西文史专家邹文清提过"都堂公卧处酷热,土地公为其扇风"的故事。原来,幼时马驯十分顽皮,先生许浩志无奈。不罚此子何以立威?于是,每晚睡觉，夏天让他到最热的角落喂蚊子，冬天让他到最冷的风口请他喝西北风。不料马驯每晚都睡得很香。许先生百思不得其解。终于有一日，土地爷无奈地给许先生托梦了："你这个不晓事的东西，夏天害得我夜夜替都堂公扇凉，冬天还要害我给都堂公挡风啊？"先生这才知道此子不凡，于是悉心调教。马驯果然出息，中举、中进士，巡抚湖广，主政四川，再入京掌都察院。

弘治九年（1496）农历五月二十二日，马驯在家中病逝，享年76岁。明嘉靖版《汀州府志》有载，马驯的儿子马综奏请朝廷祭葬。明孝宗闻讣，念及马驯四朝老臣，同意赐葬，并拨给纹银千两，派工部进士严泰造坟，命检校董瑄、典史廖珪督工，修造了谕祭碑亭、坊牌门楼、石人、石马等。弘治十一年（1498）十二月十八日，马驯葬于长汀卧龙山之南，地名张家陂乐邱。福建布政司右参议王琳来汀主祭。汀州知府鲍恺、通判刘渊、长汀知县刘汝隆、县丞胡邦等官员陪祭。祭礼仪式隆重庄严，四方乡邻人潮如涌。朝中诸多大臣都送来祭文、礼品。江西巡抚金泽称他"秀钟五岳，气盖八垠，艺成行备，称世杰人"。原汀州知府吴文度赞他"乡间信公如大蔡，朝廷依公如长城"。福建布政司右参议王琳在祭文中写道："天子垂泪，痛失良臣。"大学士、兵部尚书商辂特作《行状》，国子监祭酒徐琼作《墓铭》，另一祭酒刘震作《神道碑》，可谓备极哀荣。明嘉靖版《汀州府志》、清乾隆版《汀州府志》还载，朝廷为表彰马驯，将他的祖父马时中、父亲马任敏追赐为同职的右副都御史，他的儿子马维"以父驯都御史荫入监，历官沔阳州州同。"沔阳即现在的湖北省仙桃市。

2019年元月，在汀州马氏理事会会长马桂荣、马氏后人马林水的带领下，笔者等一批景仰者来到长汀县城大同镇师福村十里铺的乐邱山。乐邱山下的师福村，马氏占了三分之一人口。2017年，村里建起了汀州府马氏宗祠。穿过灌木草丛，寻到了这座五百多年前的马驯古墓。松竹围绕中、青青墓草间，清静整洁的石墓共六层墓门，呈八字形排列，显得古朴而壮观。石碑上正中刻着：马驯墓明代都察院右都御史乐邱马府，落款刻着马驯4个儿子的名字：马维、马综、马绪、马缉，再往下刻着马驯的8个孙子、12个曾孙的姓名。右边刻着：弘治十一年戊午岁十二月十八日葬，清乾隆二年丁巳岁十二月初十日重修，公元一九八七年再修。旁边还有马驯族裔马雪章1986年作的马驯传略。

这个墓址，据说还是马驯生前自己选定的。那里正是以他为首的12位老人悠游晚景、诗文唱和的地方。听马氏后人介绍，五百年来，马氏族人一年一祭，从未间断。都在每年清明的前一天，先祭祀祖先马驯，然后再回各地祭祀各房先人。寻常的日子里，也有如笔者般的后生慕名而来拜谒。环顾乐邱，我同马

名人汀州
MING REN TING ZHOU

氏后人马卡丹一般，耳畔仿佛响起五百年前马驯面对故土那欣喜的高吟：悠然潇洒身无拘，拍掌临风歌一曲。是啊，乐邱，乐邱。若能陶醉山水，一抒胸襟，岂不是人间之快事哉？

马驯雅集

百梅诗人郝凤升

千年州府汀州，让历代文人墨客流连吟诵。陈轩、王阳明、上官周、杨澜、康咏等古代名人，都以如椽巨笔为长汀的山川风物写下不朽的诗篇著作。其中，郝凤升便是长汀文化名人、著名诗人。

郝凤升（1468—1521），字瑞卿，长汀城关人，家住九龙山（今卧龙山）下，故号九龙，弘治十一年（1498）中举人，著有《九龙诗刻》《梅花百咏》等诗文集。清朝乾隆版《汀州府志》有载："郝凤升，年十三补弟子员，正德六年（1511）进士，授大理评事，升右寺副。武宗幸榆林留驾，切谏忤旨，下锦衣狱。旋出之。未几南巡，又与周叙等三十六人极谏，再下锦衣狱，廷杖，谪都察院照磨。世宗嗣位，擢严州知府，甫五月，多惠政。入觐至瓜州，以疾归。"

郝姓在长汀较为少见。据2009年编纂的《长汀县姓氏志》载，郝氏于宋末入汀。至明代长汀进士郝凤升，历官至大理寺副，为著名直臣，因劝谏武宗南巡，受到廷杖以致残疾，并入锦衣狱，还释放回籍。他在汀曾写《梅花百咏》。武宗驾崩后，世宗即位，任命郝凤升为严州知府，召他入京。然而，入京途中，郝凤升棒疮破裂，急忙回汀后去世。他生有三子，郝华箕、郝源、郝溱，均有官职。明嘉靖版《汀州府志》还载：其父"郝永懋，以子凤升贵，封大理寺寺副"。

13岁赴虔台救父

郝凤升小时候家境贫穷，但聪颖好学，是长汀的神童。他3岁诵文，10岁善诗文，深得汀州郡守吴文度的器重。明嘉靖版《汀州府志》把吴文度列为名宦，褒扬他守法饮廉、虚怀礼士、兴学课农、重建长汀县儒学等惠政。就是这样一个有胆识、有才气的吴郡守，与郝凤升常咏诗唱和。有次吴文度召集客人赴宴。客人没来，他便招来凤升，出上联道："酒美花香，主意却嫌来客少。"凤升立即对了下联："天空云净，月明何用众星多。"吴文度听后，不由得为郝凤升的才思敏捷与高远志向拍手叫好。郝凤升出生于明成化四年（1468），吴文度于明弘治元年（1488）4月始任汀州郡守，故而，相识之时，郝凤升已是20岁青年，而并非民间传说的十几岁少年，但两人已然成了一对忘年交。吴文度常在客人面前亲昵地称比自己小27岁的郝凤升为"小友"。

1993年版《长汀县志》载，明成化十六年（1480），郝凤升13岁。他的父亲郝胡子被囚犯诬陷为同伙，押送到赣州虔台。救父心切的郝凤升从汀州一路跟到虔台鸣冤。原来，有一次虔台大捕盗贼。囚车经过长汀城时，与郝凤升的父亲郝胡子相遇。郝父性情刚直，指着盗贼告诫儿子："为人要从善。千万不要学此人为非作歹，残害百姓，最终落得枷锁上身。"那盗贼恶从心生，打听到郝胡子的姓名，就在虔州公堂上一口咬定福建长汀的郝胡子是同犯。衙门不敢怠慢，火速派人把郝胡子押解虔台。

当代长汀作家萧炳正写过郝凤升赴虔台救父的故事。一天，郝凤升稚嫩的读书声引来了虔州臬台大人。大人想试试他的才气，便抬头看了一下屋顶的瓦，出了一个上联："阴瓦阳瓦瓦盖瓦。"郝凤升一听，看了一下墙上的砖，不加思索地对了下联："横砖直砖砖砌砖。"臬台大人见他对得工整，想再考考他。见凤升穿了青色裀子，便道"井底蛤蟆着青裀"来嘲笑他。凤升立刻回将了一军："锅中螃蟹穿红袍。"暗示大人穿红袍像锅中的螃蟹。臬台大人一听，先有点恼怒，后又想小孩的对句文采横溢，故心生赞叹，于是请郝凤升坐下，问他父亲案子的事。郝凤升一五一十地道出真相。臬台大人决定亲自审案。他命人找了十个与郝胡子相貌相似的人，一同带上公堂让盗贼辨认。那盗贼只远远见过郝胡子一面，哪里认得，只好从实招认。案情大白，郝凤升的父亲连同其他一起被诬告的7人都获得释放。人们把凤升比作13岁上书救父的汉代缇萦。缇萦是西汉王朝时代的女子，因救父亲而闻名。她父亲西汉名医淳于意弃官行医，救死扶伤，深受民间尊敬。一次，淳于意被人诬陷，押往长安服刑。缇萦一路跟到长安，并上书汉文帝。汉文帝刘恒被缇萦将身代父过的孝心感动，不仅让其含冤得雪，还废除了残酷的肉刑，并与汉景帝一同开创了"文景之治"的盛世。东汉著名史学家班固曾赞叹："百男何愦愦，不如一缇萦！"一千多年后，明代郝凤升被人们比成汉代缇萦。可见，他们同样有着为救父亲不惜牺牲自己的毅力和勇气。

据长汀豆腐圆第二十七代传承人林观木讲述，为了纪念郝凤升，明代长汀人民制作了一道特色美食——长汀豆腐圆，一直流传至今，以提醒后人学习郝凤升的一片孝心。长汀豆腐圆是汀州城乡每逢年节或宴会常用的精致菜肴。它用笼床蒸成圆形，寓美满团圆之意。至今，福州等地还称豆腐圆为"汀州采"。2018年7月，这个与郝凤升的名字紧密相连的长汀豆腐圆，被列为第六批龙岩市非物质文化遗产。每当汀州百姓与外地游客品尝这道美味佳肴的时候，自然就会想起这位心存善念与孝心的客家名人。

武宗南巡敢直谏

明嘉靖版《汀州府志》还载："正德六年（1511）杨慎榜，郝凤升任大理寺寺副，直言敢谏。"这一年，43岁的郝凤升考中进士，被授予大理寺评事。他秉公执法，与刘瑾余党作斗争，昭雪冤案，被誉为"郝铁笔"。同年，被提升为大理寺寺副。该志书载有皇帝"敕封大理寺右寺右评事郝凤升"的原文，褒扬了郝凤升是经术名家，且操持清慎检身，期望他奉公持正、谨始保终。

本应是仕途得意，一展才华与抱负之际，然而，正德十四年（1519）三月，发生了武宗南巡政治事件，即明武宗朱厚照（1491—1521）在锦衣卫指挥使江彬的唆使下诏南巡。当时，宁王朱宸濠（1479—1520）久蓄异谋，阴谋作乱。故而，明朝百官集体进谏、反对南巡。其结果是一百余名官员受刑或贬迁。其中，十一名官员被施杖刑而身亡，三名官员因杖刑后创伤而去世。最终，明武宗不得不收回成命，不再借亲征而南巡出游。这一百多名官员中，就包括了时任大理寺寺副的郝凤升。他与大理寺正周叙等16人联名上疏，极力死谏。武宗震怒，下令将他们于午门外各鞭四十大板。凤升被打得血肉模糊，随后被贬。

此事虽平息，明武宗的南巡之心却不改。同年六月，宁王朱宸濠叛乱，史称宸濠之乱。曾于正德十二年（1517）进兵汀州，破捣四十余寨，擒拿漳州贼首詹师富的南赣巡抚王守仁（1472—1529），这年七月底又平定了叛乱。然而，武宗却隐瞒了王守仁战功，自封为"镇国公"，仍借平乱之由，于八月开始南巡。返京途中，这位热爱游玩的明武宗，在淮安清江浦上学渔夫撒网而落水患病，于正德十六年（1521）四月病逝。其堂弟朱厚熜继承皇位，称明世宗（1507—1567）。明世宗废除了明武宗时期大量的政事弊病。南巡之争的百官都恢复了官职或得到升迁。郝凤升已于正德十五年（1520）辞官回家医病治伤，之后，仍被提拔为浙江严州知府。他带伤上任，在职五个月，廉洁奉公，广施仁政。后来，奉命入京朝觐。船开至扬州瓜州渡时，因旧伤复发，伤口迸裂，流血不止，返回长汀治疗，不久病逝，终年54岁。

芳心半点不随尘

仕途之余，郝凤升把更多的精力用于诗文著作，一表自己不随俗流、不畏权势的品质与坚贞的气节。他的《九龙诗刻》与清代杨澜的史书《临汀汇考》一样，是用著名的汀州玉扣纸，在汀州四堡刻印的。明代著名散文家、提倡学习唐宋古文的"唐宋派"茅坤（1512—1601）曾盛赞他的诗文"出风入雅，疏旷豪爽"。

郝凤升生平最爱梅花。他借梅言志，以梅寄情，写出了《寒梅》《落梅》《烟梅》等咏梅七律诗100首，即《梅花百咏》，抒发"怼世俗之浑浊，颂已身之修能"之情，被当时的读书人争相传诵，和诗者众多。以《古梅》为例："古得鸿蒙一段神，风寒饱历见天真。疑从炎帝以前植，岂是逋仙而后人？傲骨千秋曾化铁，芳心半点不随尘。频看世事沧桑变，独有寒花岁岁春。""逋仙"是北宋名士林逋。这位隐逸诗人终生不仕不娶，唯喜植梅养鹤，人称"梅妻鹤子"。他流传至今的《山园小梅》诗句"疏影横斜水清浅，暗香浮动月黄昏"成了千古咏梅绝唱。郝凤升所咏的梅从远古而来，聚集了天地灵气与日月精华，故而藏铁骨冰心之风骨，无论世事沧桑，风雪中仍凌寒绽放。还有，他眼里清高孤傲的《孤梅》"生或癖性甘寥寂，不与群英共混春"；他写不随波逐流的《未开梅》"犹将冻蕊深缄雪，不放微香滥逐尘"。岁月沧桑，回顾以往，他笔下的《老梅》"吟残风月关心事，阅尽荣枯过眼尘"。

如今，百梅诗虽多已失散，当代作家马卡丹、天一燕在《诗说闽西》一书中，对其评价很高："郝凤升的百梅诗，无疑是我国文学宝库中的一颗璀璨明珠。其每首诗都切合题意，寓意深刻，已是了不起的事，且能以"神、真、人、尘、春"五字押韵。诗中梅花典故及风、月、霜、雪、琼、玉等词重见迭出，却无重复之感，更无堆砌之嫌。读百梅诗，你不得不被作者的才气所折服，也为作者多舛的命运、坎坷的人生而扼腕。"

此方自古多文豪

郝凤升仕途异乡，仍心系汀州。他著有《隘岭亭碑记》，写了长汀与瑞金交

墨梅

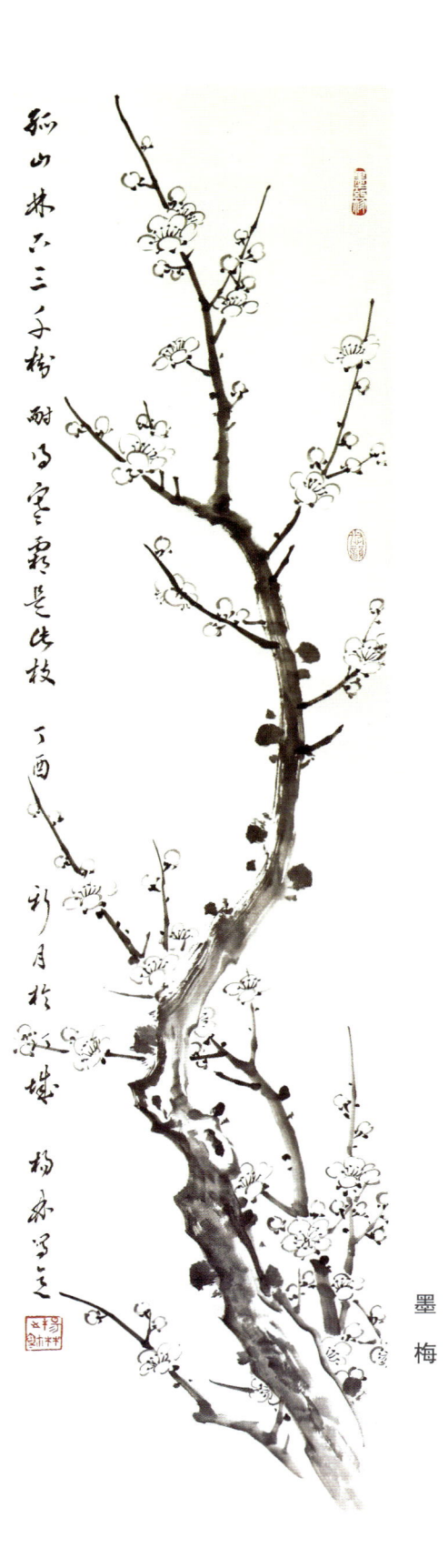

界的隘岭道路难行，"噫吁嚱危哉，难于上青天"，赞扬汀守东汇邵公开路之功；他还写了《新迁建上杭县儒学碑记》，叙述上杭县儒学的迁建过程。

明嘉靖版《汀州府志》记载了郝凤升的《重建太平桥记》《题太平桥》等诗文。《重建太平桥记》一文记叙了正德十四年（1519），汀州郡守、名宦胥文相关心民情，带头捐俸，修建了废弃了二十年的长汀太平桥，老百姓欢呼踊跃的史实。身为大理寺副，郝凤升的官职远高于胥文相。他赞扬了胥文相凝定而政专一、镇静自若，能当大任以济大事。为表感恩，他还以汀州子民的身份作诗《题太平桥》。这一年正是郝凤升生命中的转折点，是他身体力行，用生命捍卫理想，为朝廷、为社稷而受刑被贬的日子。哪怕是身陷这样的遭遇，他仍然热情洋溢地为桑梓抒写诗文。诗中的"世路更谁生感慨，杖藜从此足优游"，饱含了对黎民的关怀。而"千秋不尽贤侯德，都在鄞江江上头"则是对宦游于汀的胥郡守等外地官员的高度赞誉。其实，在我们这些后辈看来，又何尝不是对郝凤升这些历史先贤的公允评价呢？

郝凤升的才气让人钦佩，他的人品更令人折服。为学习他咏梅言志的境界，长汀"百龄诗翁"邹子彬步郝凤升的七律诗，也和了同题梅诗的一百首绝句。近些年，长汀县古城墙修复协会的老前辈们，在郝凤升出生的卧龙山上建了一座百梅亭，刻上了这古今二人共唱的"梅花百咏"诗作，来凸显长汀历史文化名城的深厚文化底蕴。

当代作家练建安在著作《千里汀江》中，有一篇《古渡桥亭仁者风》，记载了家乡汀江流域的古渡桥亭。其中，就有郝凤升诗赞上杭驷马桥一事。明成化十年（1474），上杭知县萧宏重修驷马桥。凤升题诗称赞。练建安感慨道："翻开泛黄的古旧县志，我们看到，建桥义举中，活跃着一大群读书人的身影。他们的奉献，使芸芸众生在日常的生产生活中时时被提醒，读圣贤书，是向善的一条准确而恒久的途径。桥在、人在、理念在、善心永在。历经沧桑，桥亭至今还惠及路人。多少次过桥，茶亭歇息，我感受到一缕缕绵绵不绝善良意愿的传递，感受到客家乡土的亲情温暖。'仁者爱人'，古渡桥亭是一种标识，标识着客家先贤的仁者风范。"

笔者想，先人的文字，应该是另外一种标识。生活在长汀这座美丽而古朴的山城，数十年来，笔者养成了晨登卧龙、修身养性的习惯。坐在百梅亭前，一边休憩，一边欣赏诗词。清风徐来，恍惚感觉古人并未走远。其实，时间又算得什么呢？沧海桑田，人事已非。不变的是文化，是情怀，是一颗长存善念的心。先人留下的文字，就是与我们沟通的密码。对比古人，笔者庆幸生活于盛世。

"汀南异人"黎士弘

汀州府长汀濯田人黎士弘，是宁化名人李世熊的入室弟子，也是福建才华横溢的文学家、画家、篆刻家。当年才雄气盛的南昌名人徐世溥，学问渊博的文学大家钱谦益曾推崇他为"海内名士"，博览群书的明朝清官冯之图亦称他为"汀南异人"。至今，家乡的龙岩学院还开设有《论黎士弘的"用世读书"说》的学术讲座。

黎士弘（1618—1697），字媿曾，又称愧曾，14岁补博士弟子员，36岁时考中举人，官至陕西布政司参政，61岁辞官还乡，居住在长汀县城赋诗作文，80岁病逝，葬于长汀城东的郊坑。据他的第十代孙、长汀县濯田学区黎端生老师讲，原墓址现已难寻踪影。黎士弘一生著述甚多，有《托素斋诗文集》10卷，《仁恕堂笔记》3卷，《理信存稿》3卷及《西陲见闻录》等著作，分别收入《四库全书》《清史稿》等。

黎士弘的名字有典故。闽西文史专家郭义山、邹文清提过，黎士弘与弟弟黎士毅同源于《论语·泰伯篇》。曾子曰："士不可以不弘毅，任重而道远。"弘毅，即强毅、刚毅的意思。黎士弘的字"愧曾"，意指士弘系以刚毅为己任，又自谦未必能胜任，以致有愧于曾子先师的教导，故字"愧曾"。黎士毅，字道存，亦同理。可见书香门第出身的黎氏兄弟，长辈为他们择名冠字时就满载了期盼。而不少书籍写成"黎士宏"，是因为黎士弘去世40年后，乾隆皇帝登基，为了避讳乾隆皇帝的姓名爱新觉罗·弘历，故而改名为成黎士宏。如今，又可大方地恢复原名了。

用世读书诗清新

　　黎士弘自幼聪慧过人，终其一生，遍览群书，嗜读不衰，尤其喜爱李贺的诗和王勃的文章。他的好学，得益于三叔黎振三等前辈的教导。同时，他的文学素养还得益于老师李世熊以及众多活跃于汀州的文坛人物的影响。

　　康熙时期的汀州作家群中，与同时代的李世熊、李长日、丘梦鲤、丘嘉穗等作家相比，黎士弘又有自己的特点。他更加明确地提出"用世读书"的治学观，主张"诗以情至，非情至则不真，诗以境新，非境新则不动"，即作诗之要，除了情至，还要境新，做到情至境新。此外，他还要求诗歌内容要"气"盛，即师友之间应相互多鼓励、常切磋。他的诗风亦体现出清新放逸、流畅自然、偏理性、偏散文化的风格。针对当时盛行的模拟之风，他提倡"自立"，强调作家要有自己的个性特点，不可模拟抄袭他人。作诗中，他强调要保持无功利，不能为出名而作诗。如果为名而作诗，定做不出好诗。可以说，黎士弘是明末清初福建诗坛的一位重要作家，他与福州的张远、闽南的丁炜等名士相互唱和，代表了风行三百多年闽派诗风的终结。

　　黎士弘文集《仁恕堂笔记》，源于魏晋时期的才女辛宪英的千古名言"军旅之间可以济者，惟仁与恕"的思想。意思是军旅之间，可以通行无阻救人一命的只有仁恕。原来睿智的辛宪英一生见证了三国的动荡时代。当镇西将军钟会伐蜀时，她的儿子羊琇被任命为参军。她看到钟会做事放肆，预见其有反叛之心，便告诫儿子要尽职尽责、仁恕为怀，终于使儿子在钟会叛变时能够全身而退。千年以后的黎士弘，无论是平定吴三桂战乱，还是应对陕西提督王辅臣的反叛，都学会了以"仁恕"二字提醒自己，这才赢得战役保全军队。为时刻不忘为人处事的仁义与宽恕之道，他将文集取名为《仁恕堂笔记》。

　　清乾隆版《汀州府志》收集了黎士弘的《新修汀州府儒学记》《募修北极楼引》等25篇文章与《相公墓》《三闾庙诗》等7首诗歌。可见，黎士弘在编纂者曾曰瑛的心目中有多高的地位。龙岩学院文学与传媒学院兰寿春副院长著有《福建客家古代文学作品辑注》一书，推介了黎士弘的《通济岩》《闽酒曲》等15首诗歌与《重修梁野山定光禅院题辞》等4篇散文。其中，《邱二先生书院记》是他对宋代名儒、连城人邱麟、邱方师生读书书院的记叙，称赞了他们为理学在汀州的传播所作的贡献。

廉政爱民"黎青天"

黎士弘清正爱民，政绩卓著。对于其政治生涯，他的朋友潘耒概括得十分传神："于官为廉吏，于国为劳臣，于乡为长德。"

黎士弘与江西缘分很深，任职长达十年之久。清康熙元年（1662），44 岁的黎士弘担任广信府（今江西省上饶市信州区）推官。他为政清廉，除强纠贪，认真审案，六年里审理了十三个县的案件，释放了数百名无辜百姓，人称"黎青天"，民间甚至有"遇黎则生"的说法。康熙三年（1664），广信府下属的玉山县（今江西省玉山县古城镇）遭遇战乱，百姓离乡背井。黎士弘亲自前往关心疾苦。他为自己修了一间小斗室用于避风雨，便立即招集流亡各地的百姓垦田辟荒，稳定赋税，恢复生产，重建家园。不到一年，玉山就迅速恢复了生产与生活秩序。

康熙十年（1671）春，黎士弘因政绩优异官升六品，北上担任巩昌（今甘肃省陇西县）、甘州（今甘肃省张掖市）司马。这两地地理位置十分重要，历来为兵家必争之地。他上任后，上奏抚军，免除了旧的人丁税，减轻当地百姓负担。人们为他立了碑。逢年过节，常有数万人拜于碑下。之后他升为五品官，任常州（今江苏省常州市）知府。康熙十三年（1674），吴三桂起兵造反，边陲震惊。深得甘州百姓爱戴的士弘又被提升，重回甘肃任洮岷（今甘肃临洮县、岷县）副使。后留甘山道。他为将领出谋划策，奏请张勇为将军，节制诸镇。为保证军粮充足，他积极动员当地官绅捐助。白天忙于军事，晚上他还要处理案牍如山的日常刑狱事务。康熙十五年（1676），宁夏营将叛杀提帅，镇城危急。他又改为镇守宁夏。到宁夏后，他严防守，安反侧，请求免除了七万多石拖欠的租税。这些措施，逐渐稳定了人心，为反攻奠定了基础。

由于平定吴三桂战乱有功，黎士弘官升三品，提为陕西布政司参政。从七品推官一路走来，他的仕途看似顺利，实则艰辛。为官之时，正值政局动荡，战乱频繁，他又亲临战场一线，常有生命之危。他的仕途真正体现了"于官为廉吏，于国为劳臣"的君子风范，体现了客家人崇尚忠义的强烈爱国情怀和赤子之心。

《清史稿·黎士弘传》还载有黎士弘"智拿左梅伯"的故事。有个县吏叫左梅伯，纠集强盗去自家叔叔家抢劫杀人。强盗被抓，梅伯却跑了。黎士弘到任后，暗查到梅伯藏身于一个豪门家中。叔叔的妻子来哭诉，黎士弘佯装推诿道："这是以前的案子，我的前任没能了结，我怎么办得了呢？"几月后梅伯回来，叔叔的妻子又来哭诉，黎士弘仍置之不理。梅伯就露脸出来接收叔叔的遗产了。叔叔的妻子在公堂上号哭道："老爷号称廉明，如今宽赦杀人犯的罪，又听任他占夺寡妇的田产，怎么称得上廉明？！"黎士弘佯装大怒，在案卷上批道："只问他抢夺田产之罪，不问他杀人之罪。"梅伯更加得意，来到县衙辩讼。黎士弘笑着对他兑："我已等你三年了！"在案卷上又批道："只问杀人之罪，不问抢田产之罪。"梅伯于是被处死。

　　清末文学家徐珂汇编的清代掌故遗闻笔记集《清稗类钞》，记载了黎士弘任甘肃甘州司马时"笑杀两家刘备"的故事。清康熙十年，甘州举办迎神会。各乡把供奉的蜀帝刘备像抬出庙来走街串巷，求安祈福。两个乡的迎神队伍因为争路打得鼻青脸肿。官司打到黎士弘那里。看到状子上写着"彼家刘备，欺我家刘备"，黎士弘忍不住乐了，问都没问即提笔批了一首《洛阳春》词："笑煞两家刘备，空争闲气，一身且自不相容，还要桃园结义？多是小人生事，有何关系？轻轻十板各归家，还算县官省事。"黎士弘一碗水端平，各打了十大板后，各家抬着自己的刘备回去了。黎氏司马诙谐幽默的断案趣事从此传为佳话。

民间祭祀三百年

　　《永新县志》有载：黎士弘任江西省永新县令时，相传山中老虎猖獗。为杜绝虎患，黎士弘写好《讨虎檄文》，并亲自查访老虎踪迹。近午时分，山间下起毛毛雨。众人到一山神庙内躲雨。黎县令靠在神台边昏昏欲睡。突然一白发老儿跪倒在地说道："县太爷驾到，万年山山神有失远迎。"黎士弘喝问："你身为一方土地，为何任由老虎残虐百姓？"山神答："虎王威力大。小神职卑权微，奈何它不得。现在虎王正在摩溪洞吃人肉呢。"黎县令跟随山神直奔洞口，一群老虎正在抢食人尸。黎士弘拔剑刺向虎王，只见虎王头颅滚落。众虎纷纷作鸟兽散。黎士弘厉声道："我乃永新县正堂，今虎王被诛，尔等若还不远匿深林，我当斩首不饶！"众虎见状，皆俯卧在地，大气不敢出。黎士弘大笑醒来，原来是南柯一梦。但见手中剑却是血迹未干。正诧异时，衙役来报，庙门前一只大虎身首异处。忽听山上传来一阵老虎哀号，令人毛骨悚然，不久便就消失于万山丛中。从此，永新不再有老虎，百姓过上平安日子。

　　成语"政清狱简"意思是政治清明，刑狱简省。此成语源于《清史稿·黎士

卧龙山金沙寺

弘传》："裁缺，改授永新知县，政清狱简，与民休息。"康熙七年（1668），为官清廉的黎士弘改任江西省永新县令。永新位于崇山峻岭之间，交通阻塞，百姓困苦。士弘赴任后，"尽除苛政，薄征徭"，让百姓安居乐业，还兴办了书院，召集文人雅士研讨诗文，崇尚好学之风。任职三年，他廉洁奉公，杜绝行受贿，从未接受任何馈赠宴请。

尤其受百姓称道的，是黎士弘解决了永新县为争沉滩江水濯溉农田的沉滩江水千年积案。三百多年来，农民始终遵循他的判决，从未发生用水争斗。百姓为此感恩戴德，在他离任后为他建了生祠，刻上石碑。在他去世后，民间更奉他为神明，雕上塑像，尊称为"五涧水神老爷"。每年农历十二月十四至十六日，是永新民间恭迎"五涧水神老爷"的大型民俗文化活动。2013年，黎士弘的后代黎端生与长汀文史专家王坚应邀前往永新，参加了这个盛典。就这样，一代汀州清官黎士弘，被江西永新百姓祭祀至今。人们对他的纪念，甚至衍生出第一批国家级非物质文化遗产——永新盾牌舞的文化。

"三清"家风黎氏传

福建黎姓人士的风流人物里，以"三清"最负盛名，三清即清朝的黎士弘、黎士毅与黎致远。这三人，清乾隆版《汀州府志》皆有记载。黎士毅是士弘的弟弟，担任过南昌县令与安徽寿州知州，曾平息寇乱，奖励农耕、减轻赋税，著有《宝穑堂诗集》。黎致远是士弘的儿子，康熙年间的进士，官至大理寺卿与吏部侍郎。他继承父训，为官刚正无畏，人称"黑老包再世"。

黎氏旧居位于长汀县濯田镇陈屋村。听闻康熙皇帝为褒奖黎士弘六次治理黄河的大功，御笔书写了一块"黄麻六经"的赐匾赠他，可惜"文革"期间被毁。庆幸的是，2009年，在黎氏旧居发现了两块康熙年间的木质对联匾。对联匾长约1.5米，宽约25厘米，正反两面各刻一副对仗工整的对联，正面是黎士弘亲笔手书的："从来家训传颜氏，老去诗篇爱放翁。"另一副是："若不读书何从度日，唯有养智以奉高年。"意思是最愿意传承的是颜氏家训，最喜爱阅读的是陆游陆放翁的爱国诗篇。落款是"愧曾识"。这两块对联匾，现在被黎端生收藏着。想来，黎士弘被誉为"海内名士"与"汀南异人"，指的应是他一生读书养性、涵养心智的高风亮节。这两句自我鞭策的真实写照，或许正是当下国人应当重拾的修养与感悟。

黎端生告诉我，黎士弘和弟弟很小就上城读书了。在哪里读书呢？就在汀州府西门外的黎氏家庙。我们汀州客家有一个好传统习俗，就是每个姓氏都在城区建一座家庙，主要是让族人有一个读书求学的落脚地。黎氏家庙的旧址位于长汀县城新电影院右侧，如今成了长汀一中门前的一排店面。1993 年版《长汀县志》还载，距县城 30 里路，位于策武乡策田村的山麓下汀江边有一座福海寺。始建时间无从考据，只知道清初已有。为什么呢？因为黎士弘曾在此读书，并有他为该寺题的门联为凭："古寺无灯凭月照，安门不锁待云封。"

　　黎士弘还作诗《佛祖峰山寺坐月》："错绣诸峰夜色安，烟光树气积高寒。苍茫星汉容人立，喧寂林峦共佛看。凉月有怀成独笑，清宵无累况登山。纸屏细坐幽如梦，何处吹香满一栏。"佛祖峰在何处？《汀州府志》有载："佛祖峰，县西三十里。土名九磜，转北二里许，树木阴翳，石径崎岖，中有禅寺，虽盛夏不暑。"经笔者探寻，佛祖峰位于距离长汀县城三十里路的大同镇建明村。佛祖峰山峰秀丽，流水清泉，佛祖峰上的佛祖寺，明代时就香火鼎盛，清朝时香客依然络绎不绝。后毁于战火。2005 年，社会热心人士募资重建。2013 年再次维护修理，如今又重具规模。康熙十八年（1679），黎士弘以母亲年老为由辞官还乡。住在长汀县城西面建的溉本堂。在这里他一住就是二十年。勤奋痴学的他读书写诗，与朋友唱和，一刻也不曾放下书卷。被世人誉为诗、书、画、印"四绝"的汀州上官周，著有《晚笑堂竹庄诗集》，其中赋诗一首《重过溉本堂有怀》，便是他离开家乡多年后，返乡路过恩师黎士弘书斋溉本堂的感念之作。闲居期间，黎士弘不忘百姓疾苦。有官员看望他时，他常反映民情。他还坚持教育子孙传承家风。

铁面侍郎黎致远

长汀濯田有一个小小的陈屋村。在三百多年前的清朝，出现了黎士弘、黎致远这对清廉的官宦父子。黎士弘清正爱民，政绩卓著，人称"黎青天"。黎致远（约1664—?）字宁先。因住所取名为"抑堂"，后人把"抑堂"二字作为他的号。黎致远生于何年不能确定。不过，从他21岁成为康熙二十四年（1685）进士，可推断出其出生年份约在康熙三年（1664）。他担任过翰林院太史、督楚学政、广西典试、吏部给事中、湖广两地巡抚、光禄少卿，奉天府尹兼盛京刑部侍郎等职务。他谨遵父亲教诲，追寻父亲足迹，为官二十余载，刚正无畏，清廉正直，执法严谨，人称"黑老包再世"。雍正皇帝曾高度评价他："朕有五个黎侍郎，何愁天下不治！"

清廉刚直　操守重于一切

民国版《长汀县志》记载了黎致远与福建老乡李光地交往的一段故事。清朝名臣李光地是福建泉州安溪人，历任翰林编修、吏部尚书等职务，曾协助平定"三藩之乱"、收复台湾、兴修河道水利，著有《历像要义》《朱子全书》等理学著作。康熙四十八年（1709），黎致远被授予翰林院检讨。这个职务可向皇上直接上疏时政，并弹劾朝廷官员，却没有实权。当时皇上下诏书提倡正学提携后进。社会流行官走权门。李光地此时已升为文渊阁大学士，人称"李相位"，登门拜谒者众多。李光地是福建老乡，又是黎致远会试时的老师，十分器重致远。黎致远却颇守节气，终日闭门读书，绝不奔走竞争。每次有事谒见李光地，他也只谈国事，简单说上几句就告退，从不谈私事。由于他个性刚直，朝臣都不敢与他谈论私事。即使是公卿权贵爱慕他的才华，也很难约他见上一面。有些人认为他性情冷漠，不近人情。李光地却赏识地称他："致远是贤者也。"

康熙五十九年（1720），黎致远奉命督楚学政。他痛恨走后门贿考的歪风邪气。为此，他定出了"先品德，而后文才"的选士标准。他认真考核，为朝廷选拔人才，使品行兼优者中选，落选的人也无怨言。这次提拔的都是真贤才。他们后来大多成了进士，不少还授予了内阁中书或秘书郎等职。现代长汀史学专家邹子彬、曹培基合著的《清廉正直、执法如山的黎致远》一文，向我们追述了黎致远的几件事迹。一是黎致远与好友张伯行的故事。张伯行被任命为管理全国粮仓的仓场总督。很多人争相去高攀。他的部属得知致远与他交情深，都备礼去拜访。黎致远一一谢绝，并告诫守门人说："他们是为仓场总督这个位置来有求于我，并非真心为我而来的。张伯行待我好，只因我为人正直。我怎能借用他的地位与名义去谋取个人私利呢？我一向矜持清高，而今若是妄图私利，那我和张公的人品都要扫地了！"

李光地清廉勤政，秉持大义。康熙称赞他："李光地谨慎清勤，始终一节，学问渊博。朕知之最真，知朕亦无过光地者。"雍正亦称他为："一代完人。"张伯行是清朝著名清官，官至礼部尚书。康熙帝高度评价他："伯行居官清正，天下所知。""伯行操守为天下第一。"黎致远与他们交好，可谓"物以类聚，人以群分"。

另一个故事发生在康熙五十六年（1717），黎致远任粤西（广东西部）典试，即主考官。想巴结他的人都跑到他家送礼。一次，一个人撒谎称已和黎大人当面说过，留下四十两白银就走了。黎致远从广东回到家，家里人把这事告诉他。致远大吃一惊，行李都没来得及卸下，立刻命人送还。家里人说："让我们先服侍您卸下行装吧！"致远责怪道："知道这是不义之财，我怎能让它多留片刻，以玷污我的品行情操呢？"家人不敢迟疑，即刻遵命送还。听到这事的同僚们不无跷起大拇指。像这样把操守看成是安身立命基石的先贤，数百年后，怎不令我们这些后辈感叹而折服呢？

雍正九年（1731），黎致远请求到偏僻州县任职。皇上允许，还赐了紫锭子药给他。这是清宫中用于防暑避疫的药品，也是清朝皇帝用来沟通与臣工感情的赐品，代表了皇上的一片殷切期望。接过雍正的赏赐，黎致远单骑赴任地。他足迹数千里，遍布了辖区内各州县。所到之处，淫俗杜绝，贪贿收敛，盗贼屏息。民国版《长汀县志》有载，湖南靖州居住着谬冲花衣苗的苗族人。他们

黎致远

占据险要位置拦路抢劫，骚扰村落，成为当地一寇。官员十分头痛，又害怕引起兵戈之乱，不敢轻易出兵。黎致远上任后，认为小乱不治必将招致大乱，与靖州州守和总兵商议，率兵数千人跟踪肃清。他提出务必为民除害，然而治乱不宜血洗，只要惩一儆百。百姓与士兵深受鼓舞，一齐讨伐剿匪。广东贵州两地的提督从西面起兵阻绝，湖南湖北的士兵深入深山剿匪。贼人很快束手就擒，不到一个月就平定了匪乱，老百姓啧啧称赞。黎致远上报上司时，把功劳全部都归于湖广两地的官兵。可见，黎致远当年"先品德，而后文才"的主张，绝不仅仅是一句口号，他自己就是这么率先垂范的。

有胆有识　检举年羹尧

雍正二年（1724），黎致远返朝复命，被授任吏部给事中一职。他上疏皇上要广开言路，受到雍正嘉奖。雍正六年（1728），山东巡抚与按察使二人因贪腐入狱。有人向皇上保举黎致远任山东巡察。此时，黎致远已是64岁的老臣了。雍正却非常高兴，当场对全朝大臣说："这位臣子可以重用。山东巡察还不足以施展他的特长。"后命他出任湖广（湖北、湖南）巡抚。因湖广两地地广人多，事务繁杂，非老练的大臣不足以担此重任。皇上说："此人有真知灼见。前些年，年羹尧仗着战功居功自傲，别人都不敢对他妄加评论，只有黎致远为国分忧，有胆有识，敢于上疏密报，舍身检举年羹尧，请求对他加以制裁，真是很可取的社稷之臣！"

原来，年羹尧是雍正的亲信，他官高权重，朝中到处都是他的爪牙，连雍正也对他忌惮三分。一次他出征凯旋，雍正亲自出宫迎接。他与雍正同乘皇上的专用车辇入宫，引起了许多权贵不满，但众大臣都明哲保身不敢开腔。后来，年羹尧被免职抄家，才发现他家中珍奇无数，富甲江南。而黎致远的奏疏因一直留在宫廷禁中，故而朝廷上下没人知道他曾经检举过年羹尧。自此，朝廷官员对他肃然起敬，无不佩服他非同凡人的远见与果敢。

黎致远之所以能够走到这一步，很重要的原因就是他严遵父训，忠诚缜密又恪守规矩。自从担任吏部给事中职务以来，每次上疏他都要焚烧草稿。即使至亲的人也不知道他的奏章内容，唯恐泄密误了朝廷大事。黎致远的奏疏一直秘留宫中，没有被年羹尧爪牙与耳目查探。这既是雍正皇帝的幸运，也是黎致远的幸运。正是他的舍生取义，避免了国家与百姓陷入一场战乱。朝廷上下对他的佩服，令他为国为民又多了一份责任与担当。

铁面无私　处斩"花花太岁"

中国自古有"太岁"之说。成语"太岁头上动土"出自汉朝王充著作《论衡·难岁篇》："太岁头上动土，移徙法曰：'徙抵太岁凶，伏太岁亦凶'。"后来引申为用鸡蛋碰石头，比喻敢于招惹强大的对手。黎致远就是这样一个执法如山，敢在太岁头上动土的人。

雍正十年（1732），皇上命他稽查江南河工钱粮一案。他又铲除贪贿，奖励清廉，不久升为正五品光禄少卿，为朝廷负责膳食等保障，后又任命为奉天府尹兼盛京刑部侍郎。盛京（今辽宁沈阳）是清朝（后金）曾经的都城，顺治元年清朝迁都北京后，沈阳成为留都。作为留都，奉天王府林立，皇裔国戚众多。权贵常压榨百姓，官员怕惹祸不敢执法。雍正为此伤透脑筋。他对黎致远抱以厚望，希望借他之手整治盛京。黎致远早听说奉天难治，他请求皇上赐一把尚方宝剑。雍正道："缉拿凶手，祸害百姓的巨魁可以先斩后奏。我的话就是尚方宝剑！"

黎致远带了几名手下悄悄潜往奉天微服私访。他们每天到茶楼、酒馆、村庄调查实证，发现不少罪行，尤其是一位老亲王的儿子常带着打手横行四野，强占民女，人称"花花太岁"。百姓敢怒不敢言，官府也不敢过问，民间称"法外有天"。暗访十天后，黎致远上任奉天府衙。他命衙役率兵将"花花太岁"拘捕审理，并打入死牢。这擅闯王府，捕捉王子入狱之事，即使是宋代包公也没发生过。那位亲王立刻赴京面见皇上求情。雍正避而不见，让他去找刑部。北京刑部派出一名老侍郎赶往奉天，劝黎致远慎重行事。黎致远铿锵有力地说："稔恶不除，何以为官？皇上怪罪，有死而已！"此等以死相争的慷慨陈词，如今听来，仍属史上少有。

黎致远典刑处斩了"花花太岁"等恶少。等老亲王爷赶回奉天，尸已入棺。这一举动，轰动了全城。公子王孙们在好长时间内心存畏惧、收敛劣迹。黎致远铁面无私，果断执法，打破了历史上"刑不及大夫"的禁例。不到半年内，他细察民情，依法治理盛京，为民昭雪，全城秩序井然。百姓感恩戴德，送他和他父亲黎士弘一样的尊称"黎青天"。为了以示区别，后人又称他为"铁面侍郎"。该美名一直流传至今。

清贫一生　未置半亩田地

黎致远六十八岁时，因劳累过度而去世。虽高官二十多年，他身后萧条，未置半亩田产，未建半间草堂。几幢旧房子还是祖上置下的房产。父亲黎士弘留下的溉本堂旧宅也是年久未修，不蔽风雨。黎致远死后，府上积蓄不足百两。由于无钱治丧归葬，下属及当地百姓自发集资为他送行。老百姓自制白衣，为他送殡到城门外。跪拜在地上的人，白花花的一片。

民国版《长汀县志》记载了黎致远的话："吾仕宦二十余年，不敢他有所积，以污先人清白。惟大参公文集先序，编次订讹刊刻成书，吾愿已毕。子孙贫穷非吾所及也。是以毕生未置田园半亩。先世所遗，亦于巡察湖广及查河时，鬻为资斧。今妻孥饘（稠粥）粥不充，而家声弗替（家族的名声不能被替代）。"这就是一个重家族声誉胜于一切的圣人，是一个为官二十多载，未置半亩田地的客家先祖。感动于此，清朝知名学者蓝鼎元撰写了《黎京兆传》传记。他评价道："京兆（奉天府尹）性端介，立气节，一生无所依附。座客或涉势利，言某人迁某官，则笑曰：'何足道哉？'或举杯饮之曰：'但言立身行己。'人以为孤高绝物，矫矫乎云中之鹤也。然和平谦雅，与人无竞，人多爱慕之。历显仕，无半亩田以贻（留传给）子孙，可不谓大丈夫乎？"

　　黎致远还擅长于诗词。公务之余，他乐意寄情山水。长汀邹子彬老先生的《汀州史话》收录黎致远两首诗。其一是《有感》："城上团圆月，人事俄是非。宦途邅得失，夙怀经世心。"为官正直的他，广有德政，勤政爱民，爱民如子，疾恶如仇，故有"宦途邅得失"的感慨与警觉。然而生性正直的他，不管封建社会的官场如何艰险，仍怀抱"夙怀经世心"的济世理想。数百年后读来，仍令笔者感佩于心。

闽画宗师上官周

17世纪的清代初叶，福建汀州出现了三位历史上有影响的画家，他们是长汀的上官周、宁化的黄慎和上杭的华嵒。他们犹如一颗颗璀璨星星，照耀了中国画坛。美术界称他们为清代画坛上的"汀州三杰"。其中，上官周是后二位的长辈。

上官周（1665—1752），出生于长汀的一个平民家庭，祖居福建长汀南山官坊，初名世显，后改名周，字文佑，号竹庄。他自幼聪颖、治艺勤奋，年少时于汀州城拜汀州画家熊介玉、钟怡为师，人赞"奇才""神童"。他学识渊博，擅长诗文、书法、篆刻及山水、花鸟、人物画，尤其精通人物画，是清初闽派绘画的奠基人与代表人物，也是18世纪闻名世界的画家。79岁高龄时刊行了传世名作《晚笑堂竹庄画传》，成为中国两百多年来学习传统人物画的经典范本。80岁后归隐"晚笑堂"修身养性、吟诗作画，终身未仕。这一时期仍有不少作品传世。他的山水画作有不少存世，中国美术馆、北京故宫博物院、台北故宫博物院、大英博物馆等皆藏有他的作品。

江南神笔

上官周的山水画成就很高，集宋元以来的诸家之长，受明代"吴门画派"开创人物沈周及"江夏派"开创人、明代著名画家吴伟的画风影响最大。他终生立志作画，遵循画家应"读万卷书，行万里路"的古训，游历了江苏、浙江、安徽等省，精心绘制了《罗浮山图》长卷。清初著名诗人查慎行曾于岭南与上官周会面，欣赏其人其画，并赋诗相赠，其中的《题上官竹庄罗浮山图》赞誉

"上官山人今虎头"，把上官周和东晋著名画家顾恺之相提并论。清代画家张庚在乾隆刊行的《国朝画征录》中评价上官周："善山水，烟岚弥漫，墨晕可观，……名颇盛，善诗。"清代戏曲作家谢堃在《书画所见录》云："竹庄山水洋沉弥漫，别具笔墨，峰峦丘壑，似断似连，绝无尘俗，亦奇致也。"中年返汀的上官周，在汀州城金沙河畔购置了一座房屋，种植了几丛篁竹，名竹庄。当时，闽、粤、赣习画者纷至沓来参师受业，这其中就包括了后来成为"扬州八怪"之一的清代杰出书画家、汀州宁化人黄慎。他"少学画于上官周，人物、花鸟、山水、楼台，尽得其妙"。

福建师大美术学院副院长、美术学博导罗礼平教授，最为推崇上官周。他曾评价："竹庄先生是入清以来名副其实的集大成者，不仅直接影响了黄慎、李灿、上官惠等一批清初杰出的汀州籍画家，其画风在八闽、岭南、江浙、上海、京津等地，乃至日韩等国都有广泛而深远的影响。"

民间甚至把上官周神化了。《中国民间故事集成福建分卷长汀分卷》中有一篇"长汀一幅神画"的传说。那是一年初春，上官周和老家人到深山游玩。漫天大雪，迷路于山中，被一个老农许老汉所救。上官周在他家住了十来天，直至雪停。临走时，问他：山大谷深，可有虎迹？老汉说：从未出现，只有大蟒蛇，偶尔出来吞噬禽畜，有时也伤人。上官周便从屋里拾起一只烂草鞋，仅三两下工夫，画出一只活灵灵的蜈蚣，又用朱砂红在蜈蚣眼睛上连点两下，赠予许老汉。许老汉高兴地挂在大厅堂上。之后一个月圆之夜，一条蟒蛇溜进村里。不久，大厅传来一阵阵搏斗声。第二天，许老汉看见大厅天井里一条巨蟒已经僵死。再看挂画，画中蜈蚣两眼喜形于色，仿佛刚刚搏斗过一般。从此，上官周的这幅蜈蚣画，被当作镇恶除邪的神画传奇。

四绝才子

上官周兼长山水画和人物画。他所画人物，更是开创了"闽派先路"。乾隆八年（1743），79岁高龄的他携孙子上官惠专程到广州刊行了呕心之作《晚笑堂竹庄画传》。这本画传人物跨越1800多年，历经15个朝代，从汉朝开国皇帝汉高祖刘邦至明初功臣郭德成，绘了120位历史人物，个个惟妙惟肖、功夫老到、各具神态。自问世以来至民国的200多年间，该画传被数次翻印，成为明清传世版本最丰富、传播最广泛的人物画谱之一，亦是后人临习人物画的经典范本，备受丰子恺、徐悲鸿、傅抱石等名家推崇。日本《支那绘画史》载："上官周

上官周纪念亭

的《晚笑堂画传》出现，在人物画法上开拓一新生面。"清朝汀州文史专家杨澜在《临汀汇考》志书称："上官周画品能自出新意，修然蹊径之外。"鲁迅先生也很喜欢上官周的画，曾购《晚笑堂竹庄画传》远寄莫斯科的木刻家亚历舍夫。

当代杰出的美术教育家潘天寿，在全国美术系大学教材《中国绘画史》中说道："就清之人物画来说，长汀上官周之功夫老到，临汀华喦之脱去时习，均为清代史诗风俗画较有名者。"当代著名画家傅抱石赞誉上官周为"近代对人物画最有影响的三位画家之一"。国家一级美术师王林旭在《中国美术史纲》专著中，评《晚笑堂竹庄画传》："清初，在人物画上最有名最有影响的作家是焦秉贞、上官周、郎世宁（意大利人，侨居中国）等。这些作家也都具有独到之处和现实主义成分。"

除了绘画，上官周还兼精篆刻，并工诗，被世人誉为诗、书、画、印的"四绝"才子。五十岁后，他专心作诗，一生赋诗近千首。赴广州刊行《晚笑堂竹庄画传》的同时，也刊印了《晚笑堂诗集》。广东著名学者、书法家、苏珥为《晚笑堂诗集》题跋文："长汀上官竹庄先生以冲淡闲远之性，边寻九州丘壑，屡至粤土。"并评价其诗为"诗中画，画中诗，酷类王右丞"。遗憾的是，诗稿多佚，只存数百首选编于《国朝全闽诗录》《清朝画家诗史》及《汀州府志》文献中。

布衣画师

人称上官周为"布衣画师"，不求闻达，不附庸权贵，一生游历，交友甚广。在《晚笑堂竹庄诗集》自序中，他自称："余挟三寸管糊口四方间，尝薄游钱塘，泛西湖，由嘉兴走吴门，过白下，涉历九华，望京口趋北固，冲浪上金山，溯彭蠡抵匡庐，来东粤数四。"在他一生的游历中，笔者发现了一个有趣现象，那就是他以心交友，无论年龄，所交之士尽是比他年长的仁人志士。比如，年长28岁的"岭南三大家"之一、诗人释成鹫。两人彼此赏识，兴趣相投，以诗往来赠答；还有年长15岁的著名诗人查慎行。在广州逗留的两个多月里，二人不拘形迹，相交莫逆。

清乾隆版《汀州府志》还载了上官周一首《重过黎愧曾先生溉本堂有怀宁先太史》诗："溉本堂中水碧沉，清声雏凤接高林。鼎彝色老文章在，几杖光寒道气深。把盏静邀江汉月，挥毫写得洞庭心。春来烂漫桃花放，天上人间有玉音。"这是上官周离开家乡多年后，返汀路过恩师黎士弘书斋"溉本堂"的感念之作。原来，黎士弘是上官周的同乡前辈，也是清初闽西著名的文学家、画家，被钱谦益推为"海内名士"。上官周与之惺惺相惜，黎士弘辞官返乡后，两人一有空即谈艺论画，研读经典，成了一对相差47岁的忘年交。

罗礼平教授近十几年来潜心研究上官周，刊发了《上官周及〈晚笑堂画传〉研究》等专著。在他专业的眼光看来，上官周的画达到了求真、写心、传意三方面的统一。上官周读史求真，大量阅读典籍，深入研究历史，准确把握《晚笑堂画传》中120位古代先贤的身份、年代与服饰等特点。他还不拘泥于历史，倾注个人情感，发挥艺术想象，用白描写意的方式传达人物内心世界，在典籍与通俗读物之间求得平衡点，从而赢得了不同时代、不同审美层次读者的共鸣。

长汀县城乌石巷里的上官周故居，也是上官家族家庙，又称上官氏宗祠，始建于清康熙十四年（1675），迄今有300多年历史。相传年少的上官周上城求学，正是落脚于此。汀城汀江河畔的龙潭公园，也建了"上官周纪念亭"。2012

上官周

上官周字文佐號竹莊福建长汀人乾隆時布衣能詩工畫尤善山水著有晚笑堂畫傳和詩集對後世頗有影響

己亥季夏月楊紅也

年，书画收藏家曹燮在连城县展出了包括清代上官周、李灿、伊立勋等名家人在内的名家书画作品。其中，有上官周 26 帧小幅山水画册，多为上官周多年游历所见所得，画幅疏朗秀润、神韵俱足，堪称清代小幅山水画中的精品。2015 年，曹燮出版了《上官周山水画谱》。

2018 年，罗礼平教授倾尽心血主编的《上官周全集》三卷由福建美术出版社发行了。全集收录了国内外各大博物馆馆藏及民间收藏的 300 余件书画作品以及全文影印《晚笑堂画传》。这是福建美术研究的重大成果，不仅弥补了上官周研究的空白，对宣传、提升长汀传统书画艺术在海内外的影响力也有着积极而深远的意义。

名将刘国轩

汀州历史上的爱国将领、风云人物刘国轩（1629—1693），字观光，是长汀四都溪口人。清乾隆版《汀州府志》有载："刘国轩，天津总兵，封伯，赠太子少保。"

追随郑成功

民国版《长汀县志》载："刘国轩生而磊落负奇，气貌魁梧。七岁失怙，年十一，岁饥，走百里外负米供母。山有虎，众环逐之。轩至，虎忽不见。"刘国轩自幼身材魁梧，勇力过人，七岁失去父亲，十一岁知道孝顺，靠替人背大米走百里路来供养母亲。山中有老虎，大伙儿聚众去驱逐。刘国轩到了后，老虎却不见了。所以，民间传闻，刘国轩是老虎的化身。该书还载，刘国轩自少爱好武艺，擅长弓箭。13岁时就以一敌十，以勇猛著称。因救济贫苦常有索于富户，遭到忌恨，几次受到迫害。1993年版《长汀县志》载他幼年习武，娴熟弓箭，常集结村中少年练武。15岁时设兵伏击流寇，夺回被劫牲畜财物，名扬乡里。

清顺治三年（1646），清兵入闽，刘国轩因家庭变故，只身赴漳州投军，开始行伍生涯。起初为城门守卒，因智勇双全，屡立奇功，很快升为守备千总，守漳州北门。清顺治十一年（1654）十二月，郑成功率兵围攻漳州，久攻不克。刘国轩积极策反清军守将献城纳款。他打开城门，夜引郑军入城，兵不血刃，迫使清漳州守将张世耀等降郑。事后，刘国轩得到郑成功赏识，被授为护军后镇。

刘国轩为收复台湾立下了汗马功劳。清顺治十八年（1661）二月三日，郑成功率两万五千名大军渡海攻台驱逐荷兰殖民者。作为郑成功的心腹，刘国轩身先士卒，率领前军勇猛冲锋，无往不克，令敌人胆战心惊。当天抵达澎湖，与都督马信等亲率弓箭手，击退了荷兰军队的反扑。九日，攻克了鹿耳门炮台，并乘胜袭击赤崁城（今台湾台南市）。1662年2月1日，荷兰据台总督揆一缴械投降，率领残部500人狼狈退出台湾。在台湾持续38年之久的荷兰殖民统治宣告结束。揆一回到印尼东印度公司后，被判终身监禁。狱中，他写下《被遗忘的台湾》一书。书中，他写道，刘国轩所率的将士"不顾死活地冲入阵地，十分凶猛大胆，仿佛家里存放着另一个身体"。

保卫台湾

刘国轩善于利用间谍掌握敌军动向，因此经常战胜，人称"刘怪子"。《福建省志》等载：康熙元年（1662），郑成功在收复台湾后5个月病逝，郑氏内乱。长子郑经嗣位，命刘国轩在鸡笼山创建舰队。他驻兵台北各地，指挥军队多次对高山族等少数民族剿抚并用，促使人心安定归顺。康熙五年（1666），刘国轩为右武卫，驻守半线（今彰化县）。康熙八年（1669）升为管镇兵，后历任左、右武卫。刘国轩统一指挥台湾军务，与陈永华、冯锡范三人鼎足而立，成为郑氏政权的顶梁柱。

康熙十三年（1674）三月，平西王吴三桂、平南王尚可喜、靖南王耿精忠起兵反清叛乱，史称"三藩之乱"。耿精忠在福建叛清，派人到台湾请郑军出师声援。郑经命刘国轩率人督兵回思明州（今厦门）。双方因各怀心思而反目。六月，郑经入泉州，耿精忠派兵攻打，刘国轩奉命迎战。十月，刘国轩于泉州涂岭打败耿精忠，追至兴化（今莆仙）而归。耿精忠于是降清。康熙十四年（1675）五月，刘国轩率兵进驻潮州，尚可喜派长子尚之信领兵10万人来攻打。刘国轩领兵纵横驰骋，英勇善战，在广东潮州的鲨母山，以数千名饥饿的兵卒大败数万名清兵，又斩首尚军2万余人，给清军以重大打击，从此名扬南粤。

康熙十五年（1676）二月，刘国轩入镇广东惠州，并攻克潮州各县，升任副提督。次年六月，由于清兵反攻，郑经所占的漳州、泉州、汀州、潮州等地失守，刘国轩奉命放弃惠州，从海上回思明。当地士兵与百姓都夹道赠食物相送。康熙十八年（1679）二月，郑经任命刘国轩为中提督，总督诸军。刘国轩率军连战连捷，屡立战功，被封为武平伯、征北将军。康熙二十年（1681）正月，郑经病逝，郑克塽袭王爵。刘国轩因拥戴有功，被封为武平侯。十月，刘国轩率精兵驻守台湾门户澎湖。他致力修战船，筑炮垒，严阵以待。至此，台湾的政事冯锡范说了算，军事由刘国轩做主。

率汀人入台

台湾最早设府于清代初期。康熙二十二年（1683）将台湾岛纳入版图后，才设立了台湾府，与汀州府一样隶属于福建省。光绪十三年（1887）台湾独立设省，下设台北府、台湾府、台南府三府。此时，台湾府范围约是现在的台湾中部地区。

1981年出版的《福建省长汀县地名录》记载了长汀两处命名为"台湾府"的自然村，分别是策武镇策田村的台湾府与河田镇中街村的台湾府。据长汀县文史专家讲述，及四都镇溪口村78岁的老人翁荣洗听祖辈口口相传的回忆，这两个地名皆与刘国轩有渊源。当年，刘国轩跟随郑成功征战台湾时，带了大批汀州人到台湾当兵打仗。当时，闽西各地多支反清复明的义军和刘国轩也有联系。后来，他又多次率兵进攻闽粤沿海，并直逼闽西，每次撤退都有汀州民众跟随赴台。当上将军后，他又多次往返于家乡和台湾，并带去不少汀州子弟在台开垦荒地。永定江氏、武平魏氏等族谱均有记载。这些人的家属与后代记住了留在台湾府的亲人。这两个地名的存在，应是汀台交流的一大佐证。

收复台湾后，这位功臣良将成为拓殖台湾的垦荒者。为减少对内地经济的依赖，刘国轩动员文武官员迁家属来台经营农事，并在台湾北部荒野实行屯田。他"剿抚诸番，拓地日广"，奖励种植甘蔗，发展糖业，从福建输入大宗蔬苗，让新迁来的汉民向土著居民传授农业技术，帮助他们发展生产。当时，台湾出产的蔗糖每年输出30万担，销往大陆与日本，成为与稻米齐名的台湾两大经济作物。刘国轩大大搞活了台湾的贸易和经济，巩固了郑氏政权的统治，为日后基隆、台北等地的繁荣创造了条件。

兵败于施琅

康熙二十二年（1683）六月十四日，清廷福建水师提督施琅趁郑氏内部不和，对澎湖列岛发起攻击。施琅实力雄厚，又精通阵法。刘国轩拘于常规，指望台风吹翻敌方战舰。结果战术失误，连续一周风平浪静，郑军失去战机。施琅利用风侯用火炮攻击。刘国轩寡不敌众，损兵12000人，毁船舰一百九十多

刘国轩

艘，只好带着残部惨败而退，回到台湾。澎湖一役，郑军几乎全军覆没。清朝重臣张廷玉编写的《清圣祖实录》载，康熙曾通过施琅向郑克塽和实际主持台湾政务的刘国轩等人颁发谕旨，意在招抚，和平解决台湾问题。刘国轩审时度势，见人心瓦解，事不可为，便与文武大臣商议奉劝郑克塽归顺清廷，还果断地制止了部分将领远走吕宋（今菲律宾）的图谋。1683年闰六月，郑克塽请降。从荷兰人占领台湾至此，正好六十年。从此，实现了台湾与大陆的统一。

康熙二十三年（1684）三月初六，刘国轩随郑克塽进京。康熙授予郑克塽正黄旗汉军公爵，冯锡范为正白旗汉军伯爵。对刘国轩，康熙念他在台湾统一之时"素怀忠诚"，"首先归命"，并"劝令郑克塽纳土来归"，特别授他为天津总兵。四月初二，刘国轩辞京赴任。考虑到刘国轩籍贯汀州，长驻台湾，又"孤身远来"，"家口众多"，为了令其尽心任职，康熙于常例之外，另送白金二百两、表里二十匹，又赐他京城新宅。十二月十三日，刘国轩被授予顺清侯。据称，两百多年后，郑克塽、刘国轩的后代都在北京安享富贵，得到善终。

清人江日升编著的郑成功文献传记《台湾外记》载：刘国轩在天津任上，"颇洁正，不要钱"。他大力兴修水利，推广南方水稻种植方法，深受民众拥戴。康熙三十二年（1693），刘国轩病逝于天津任上，终年65岁。清政府赠封他为光禄大夫、太子少保，赐祭，并葬于顺天府苏家口。

画坛巨匠黄慎

清代康熙、雍正、乾隆年间,江苏扬州画坛上活跃着一批来自不同地方、不拘陈法,勇于创新的画家。他们以鲜明的个性和新奇的画风,打破了因袭守旧、陈陈相因的摹古风尚,开创了一代画风,成为震动画坛的画家群体——"扬州八怪"。黄慎就是其中之一。

黄慎(1687—1770之后),汀州宁化人,原名黄盛,字恭寿,恭懋,躬懋、菊壮,号瘿瓢子,别号东海布衣,"扬州八怪"之一。擅长人物、山水、花鸟,以人物画最为突出。他笔姿荒率,设色大胆。一生所作画数千件,至今辑存800余件。传闻他82岁时仍在作花卉册。他的启蒙老师汀州上官周评价他:"吾门有黄生,犹右军之后有鲁公也。"郑板桥亦作诗赞他:"爱看古庙破苔痕,惯写荒崖乱树根。画到情神飘没处,更无真相有真魂。"黄慎代表画作有《十二司月花神图》《商山四皓图》等。他还是一位诗才画艺俱全的艺术家,著有《蛟龙诗草》一书传世。

借佛灯苦读

黄慎出生于清康熙二十六年(1687)的端午节。父亲年轻时读过几年书,略通文墨。黄慎14岁时,父亲客死湖南。随后,两位妹妹相继夭折,留下他和母亲相依为命。为维持生计,他奉母命赴建宁拜师学画,专习画像技艺。两年后,随汀州画家上官周学画,作品多为工笔,画风细腻。他勤奋刻苦,每日练习,画艺日进。

为研读诗书,十八九岁的黄慎离开家乡,寄居在寺庙。家境贫寒的他白天学画，深夜借佛灯闭关苦读。巡夜的僧人见他如此刻苦，特地给油灯添了一根灯芯，让烛光更加明亮，还搬来一尊石鼓摆在灯下，方便他读书。久而久之，佛龛下的青石板留下了黄慎夜夜长坐的印记。读书之余，他仔细端详并临摹神佛特点，为日后创作佛教题材绘画奠定了基础。他曾作诗《江南》回忆起这段苦读岁月："十年容类打包僧，无怪秋霜两鬓髦。历尽南朝多少寺，读书频借佛龛灯。"自康熙五十八年（1719）起，32岁的黄慎离家远游，辗转福建、江西、广东等多地。他一边游历山水，一边卖画为生，又广交朋友。他结交了同乡前辈官亮工、吴天池和同郡上杭县诗人刘鳌石等文人雅士，相互切磋。经过几十年的积淀，他不仅拥有了深厚的文化修养，在诗歌创作上亦非同一般。

作为职业画师，黄慎的人物、花鸟、山水各科兼能，其中以人物画最为著称。他的花鸟画宗亦纵逸泼辣、挥洒自如。他的山水虽"不以山水名"，但山水画各尽其妙，潇洒有致。他的人物画，题材多为神仙佛道和历史人物。比如各显神通的渡海八仙、赏菊出世的陶渊明、捧砚珍玩的苏东坡等。但更多的作品取材于民间生活，塑造了辛苦劳作的纤夫渔民、流落街头的乞丐流民等下层人物形象，表现出对人民疾苦的同情。

据清初儒学家王步青《书黄母节孝略》、当代诗人丘幼宣《瘿瓢山人黄慎年谱传略》等载，黄慎成家很迟，于康熙五十一年（1712），26岁时与张氏成亲。后张氏去世，又续娶侧室吴氏。有两个儿子，名茂□、茂瑛，一个女儿，名字不详。四个孙子，名贤材、贤樑、贤榮、贤桀（刊）。

四下扬州

黄慎绘画，凡人物、花鸟、山水、楼台、虫鱼等，无一不能，但他并不满足。有一次，他看先生上官周的作品说："吾师绝技难以争名矣。志当自立以成名，岂肯居人后哉！"

清朝雍正年间，扬州经济与文化处在空前繁荣时期。"天下文人半在扬州。"受此影响，雍正二年（1724），黄慎前往扬州鬻画。然而，要在扬州打开局面绝非易事。他用笔稳健、笔致工整的画作无人问津。"扬州八怪"之一汪士慎正好路过，看出黄慎画功略显匠气，于是与他切磋，还介绍了一位书画商。他们建议黄慎改变风格，化工为写，走写意人物的路子，以适应时代风气。黄慎听了，觉得有理，立即回乡。苦练了三年写意画后，二上扬州。他的画被誉为"写神不写貌，写意不写形"。不多久，又有人提出，他的画是写意的，但画

店头街

上的字体过于端正,字和画不相称。受到启发的黄慎又折回宁化,苦练三年草书。他草书学的是"二王",但标新立异的他又与前人不同,不受古法约束。抑扬顿挫均顺从于他的心境,呈现出铿锵有力的节奏感与强烈的个人风格。故而,他"以书入画",开拓性地将草书与绘画结合,开辟了"狂草入画"的新形式,使画面呈现出迅疾、洒脱、不羁的风格,草书又带有绘画的节奏感与趣味性。当他黄慎着字画三上扬州时,画名已是大增了。

在他画艺越来越成熟时,母亲提醒他:"儿为是,良非得已。然吾闻此事,非薰习诗书,有士夫气韵,一画工伎俩耳。"他的同乡也点拨他:"子不能诗,一画工耳;能诗,则画亦不俗。"一心沉迷于提升画技的黄慎茅塞顿开:单会画画只能成为匠人,只有饱读诗书,将诗歌意境融入绘画,才能成为真正的画家。于是,他又攻研了三年诗文。"别向诗中开世界,长从意外到云霄。"拥有了诗词的底蕴后,他的画作境界愈发开阔了。四上扬州时,黄慎已是"瘿瓢之名满天下"了。

黄慎总结自己的一生，感慨道："余自十四五岁时便学画，而时时有鹘突于胸者，仰然思，恍然悟，慨然曰：'余画之不工，以余不读书之故。'于是折节发愤，取毛诗、三礼、史汉、晋宋间文，杜韩五言诗及中晚唐诗，熟读精思膏以继晷，而又于昆虫草木四时推谢荣枯，历代制度衣冠礼器，细而致于夔蛇凤，调调刁刁，罔不穷厥形状，按其性情，豁然有得于心，应之于手，而后乃今始可心言画矣。"正是这种凝思结想、废寝忘食、苦攻不辍，以及创新开拓的精神，黄慎从一个小画匠蜕变为一位"诗画名大江南北"的名家。

黄慎对扬州的感情极深。在扬州居住了短短两年后，他牵挂远在家乡的母亲，便回乡接母亲一同前往扬州。这一住，就是12年。他写有四首诗歌咏扬州，其中《维扬竹枝词》诗："人生只爱扬州住，夹岸垂杨春气薰。自摘园花闲打扮，池边绿映水红裙。"这位画苑怪人、诗坛奇才用画家的眼睛去看扬州，使得诗意自然流畅、生气活泼，充满了画意。后来，母亲思念家乡，于是黄慎举家迁回家乡。母亲逝世后，他又重返扬州。直到乾隆二十三年（1758），72岁的黄慎在朋友的劝说下，离开扬州，回到故土宁化，专心整理自己的诗画作品。

精神在高处

母亲曾氏是黄慎生命最重要的人物。由于对母亲感情极深，他的人物画中，表现女性形象的画作特别多。黄慎自叙道："某幼而孤，母苦节俭。辛勤万状。抚某既成人，念无以存活，命某学画，又念惟写真易谐俗，遂专为之。""频年饥馑，益无从得食。慎大痛，再拜别母，从师学画。年余，亦能传师笔法，鬻画供母，自是免于饥寒。"传闻他在当地小有名气时。有一次，端午节将至，母亲说："节日将至，你终日作画，我们过节吃什么呢?"黄慎指着刚画好的《水鸭图》，答道："就吃这个。"他的母亲哭笑不得："这是你画的鸭子，怎么吃呢?"黄慎让母亲拿画到街市去卖。不一会儿，有人看上了这幅画，用四只鸭子交换了这幅《水鸭图》。

黄慎到各地卖画，所得润笔全部寄回家里赡养老母及家人。到扬州寓居卖画后，他的作品名扬于世。"尺纸容缣，世争宝之。"于是，他把老母妻儿接到扬州生活。雍正十三年（1735），由于老母思乡心切，他又携带老母与家人返回家乡。在家乡，他四处奔走，倾囊而出，为老母立节孝牌坊。乾隆五年（1740），53岁的黄慎来到汀州卖画，拜见了汀州知府王相，借机提出为母亲建立节孝牌坊，很快获得批准。黄慎就在宁化城北的花心街竖立起一块节孝牌坊。

第二年，也许是黄母对黄慎的孝心知足了，离开了人间。

福建作家何葆国写有《在故乡的最后时光》一文，讲述了黄慎这个名满天下的"扬州八怪"之一在故乡宁化的晚年生活。他说道，黄慎回到宁化后年事虽高，为了糊口还得卖画，同时也收了一些门徒。这个可爱的老头喜欢把他刚完成的作品拿给别人观赏，一边拉着别人的手，一边喃喃自语似的说个不停，说着说着却忘了自己在说什么，便环顾左右问他的学徒：我刚才说什么了？年纪大了，往往画完一幅画，就酣然入睡。不过，他年迈的身体还是很健康的，还几次翻山越岭，步行二三百里路，到永安、建宁、武夷山和长汀卖画。何葆国还提到，这个一生布衣、常年漂泊的艺术大师，在故乡的最后时光里依旧是闲不住的。视力不大行了，但还能写小楷，画画的速度也很快，神助一般，如入化境。"画时，观者围之数重，持尺纸更迭索画，山人漫应之，不以为倦。虽不经意数笔，终无俗韵。"据统计，黄慎晚年居乡期间，留下了约六十件画作，还有若干怀念扬州友人的诗篇。虽说名满天下，但晚景似乎有些清寂，以至于卒年也说不清楚了。不管怎么说，黄慎活上八十岁，在当时算长寿了。1983年，黄慎的墓地、墓碑在宁化被发现。"黄慎之墓""恭寿"等碑刻字迹清晰可辨。从残存的字迹得知，黄慎安葬于乾隆三十七年（1772）八月。如果说，黄慎是当年安葬，那他的卒年便是乾隆三十七年（1772）了。

在宁化，黄慎十分受人们的敬仰。乾隆二十八年（1763），宁化知县陈鼎收集整理了黄慎的诗作339首篇，编为《蛟湖诗钞》，为之作序，并捐薪刻印。1987年是黄慎诞辰300周年，宁化县政府在县城高耸立起一尊10米高的黄慎石塑来纪念他。只见他白须飘飘、双目如炬，左手端砚，右手持笔，仿佛随时进入作画。2018年，宁化举办了"黄慎杯"经典诗文读写大赛文艺晚会与"黄慎杯"全国中小学生经典诗文读写比赛活动。家乡的孩子们合颂："瘿瓢何处去，空宅静悠悠。画卷今犹在，名声万古流。草堂来画客，鞠礼向师求。悟得其中艺，平生志可酬。"以表对这位三百年前艺术大师的敬仰之情。

作为画家的黄慎对后世的影响是极大的。清代的闵贞、近代上海的王震、广东的苏六朋等都曾师法黄慎。当代书法大师刘海粟亲笔为黄慎塑像挥毫题词"怪而不怪，艺传百代"。当代书法家陈大羽亦题词"一代画圣，千秋楷模"。在扬州八怪纪念馆，珍品陈列厅的厅前廊柱挂有黄慎书联："看花临水心无事，啸志歌怀意自如。"这是一名艺术家的心声，更是黄慎人格的写照。

"伊汀州"伊秉绶

提起汀州名人，绕不开一个响当当的名字。他便是汀州府宁化人，对外最爱自称"伊汀州"的清代著名书法家伊秉绶。

伊秉绶（1754—1815），字祖似，号墨卿，晚号默庵，乾隆年间举人、进士，历任刑部主事、刑部郎中、惠州知府、扬州知府。居官为民，有政绩。平生爱好广泛，能诗工书，善画、治印。书以隶书见长，绘画精通山水、梅竹，尤其精通篆隶，精秀古媚，与邓石如齐名，时人称之为"南伊北邓"，又称"闽籍书家魁首"。著有诗集《留春草堂集》《坊表录》《修齐正论》《攻其集》等传世。

清乾隆十九年（1754）正月十一日，伊秉绶出生于汀州府宁化县城关一个书香门第、官宦人家。他的父亲伊朝栋是乾隆三十四年进士，历官刑部主事、御史、光禄寺卿，治事勤恪公正。伊朝栋小时候拜理学家、宁化县城关人雷鋐为师。雷鋐被清朝著名史学家、乾隆帝的师傅朱轼称为"践履笃实，才识明通"，被清代散文家，桐城派散文创始人方苞赞许为"天下第一流人物"。在雷鋐的教导下，伊朝栋也精通程朱之学，诗歌有高韵逸气，为清朝学者、教育家蔡世远所称颂。伊朝栋著有《赐砚斋诗钞》《南窗丛记》，入选《清史列传》并传世。

在父亲的引导下，伊秉绶从小聪颖好学，秉承家学渊源，饱读宋儒理学。16岁进宁化县学，26岁中乡试。后又受业于清代名儒、宁化人阴承方，并潜心研习李榕村、蔡梁山及雷翠庭等名儒理论。30岁赴京赶考，举中正榜，留居北京，为大学士朱珪、纪晓岚所赏识与器重，时常出入太子傅朱珪的府第。一度还住在纪晓岚家中，拜纪晓岚为师，并给他孙子上课，又拜当时最负盛名的书法家刘墉为师学习书法。

问民疾苦　创办书院

乾隆五十四年（1789），35岁的伊秉绶参加会试，进士及第，授刑部额外主事，补浙江司员外郎，开始了亨通的仕途。乾隆五十七年（1792）晋升为刑部主事，嘉庆三年（1798）升刑部员外郎，奉命出任湖南乡试副主考官。伊秉绶从政，清正廉洁，为官一任造福一方。嘉庆四年（1799），伊秉绶升任刑部郎中。同年任广东惠州知府。伊秉绶手书一联，挂于府署大堂以自勉："合惠循为一州，江山并美；种竹梅为三友，心迹双清。"《清史稿》有载：伊秉绶"问民疾苦，裁汰陋规，行法不避豪右，故练刑名，大吏屡以重狱委之，多所矜恤"。可见，在惠州期间，伊秉绶爱护百姓，兴利除弊，除暴安良，革除恶习陋规，整顿社会秩序，维护地方治安。当时，广东陆丰一伙巨盗抢劫绑票，无恶不作。伊秉绶设计擒获了七名强盗，将他们绳之以法，为民除害。对所有讼牒，伊秉绶必定亲自审理，受株连者当即遣释。惠州有一个富豪欺辱寡母弱子。伊秉绶将他拘留审问，严斥其不道德行为，民众为之称快。因与其直属长官、两广总督吉庆发生争执，伊秉绶被谪戍军台，后又昭雪。

伊秉绶创办书院，造就人才，致力于地方文化建设。嘉庆四年，著名诗人宋湘入京参加会考，路过惠州，因盘缠不够向伊秉绶借银子。伊秉绶爱好风雅，也扶持后进。他素闻宋湘的才名，便要他写一首诗，诗中镶入东南西北。宋湘立即提笔写下："南海有人瞻北斗，东坡此地即西湖。"伊秉绶见宋湘才思敏捷，十分赏识，赠他纹银三百两作路费。从此，伊秉绶与"广东第一才子"宋湘的交往成为一段佳话。嘉庆六年（1801），伊秉绶重建了惠州的丰湖书院。书院规模很大，讲堂、学舍一应俱全，还配有亭台楼阁榭祠等景观，并专门聘请宋湘来主持教学。这一年，宋湘中了进士，任翰林院庶吉士。伊秉绶与他一起制订了教学规章，丰湖学院很快成为惠州的最高学府。嘉庆十六年（1811）秋，伊秉绶重返惠州。惠州百姓争相迎接。伊秉绶走访丰湖书院时，见书院内奉供有自己的祀祠。他认为自己身为知府，利国利民是分内之事，受颂则有愧。在他的坚请之下，祀祠才撤去。

在惠州，伊秉绶还重修了白鹤峰苏文忠公故居和苏轼侍妾朝云墓，被当时士林传为风雅盛事。在墨池中，伊秉绶意外发现了苏氏珍爱的"德有邻堂"端砚。后来，他把此砚带回汀州宁化老家，并把书斋命名"赐砚斋"。有人说，这块苏东坡用过的端砚带给伊秉绶无尽的灵气。他用这块端砚磨墨书写的字特别

漂亮。此砚现珍藏于宁化县博物馆,成为国家二级文物。

一代名吏　德惠政声

　　嘉庆十年（1805），扬州遭遇巨大水灾,两江总督铁保荐举伊秉绶前往南河、高邮、宝应勘察灾情。不久,伊秉绶奉命出任扬州知府。他深入民间,亲率下属参加各地抢险赈灾,一边设置粥厂安置灾民,一边动员富商捐资赈灾。"饥咽脱粟饭,渴饮浊流水",他与百姓同甘共苦,很快稳定了灾区局势。他还亲自查阅赈账册,核发赈灾钱粮,严禁胥役克减,博得百姓称赞。里下河的三万多人灾民逃荒到府城,伊秉绶劝富商巨室捐输六万余金,在寺庙立棚厂,依据灾民人口来赋米赈钱。他还在每个村镇设办粥厂,救济贫困的灾民。有些灾民想杀耕牛为食。伊秉绶按牛估值当质以贷,招雇专人牧养,准许灾民来年春季取赎,以保证春耕生产。这些灵活的措施,帮助灾民尽快重建了家园,恢复了生产。

　　在他的努力下,扬州大水无一灾民饿死。百姓为此深感其恩。《清史稿》

汀州城半片街码头

称道：大灾中的扬州"民虽饥困，安堵无惶惑"。第二年，扬州风调雨顺，百废皆兴，民众无不称颂伊秉绶。

伊秉绶治理扬州德惠政声，成为清朝一代名吏。他还招聘著名学者焦循、阮元等人，编著了《扬州图经》《扬州文粹》，促进扬州文化的发展。他自己也著有《留春草堂诗》《攻其集》等，有"文章太守"之称。然而，伊秉绶从不居功自傲。他把自己的居所从商富集居的"休园"搬到了平民居住的旧城"湖上草堂"的"黄氏园"。他在生活上清廉耿介，杜绝声色，"每食必具蔬"，"藉以清吾心耳"。他常说："人生也，直即天地之性，无少回邪，行则正。"因他为官清廉，勤政爱民，深得扬州百姓爱戴。记述扬州轶事的专著《芜城怀旧录》称赞他："扬州太守代有名贤，清乾嘉时，汀州伊墨卿太守为最著，风流文采，惠政及民，与欧阳永叔、苏东坡先后媲美，乡人士称道不衰，奉祀之贤祠载酒堂。"

嘉庆二十年（1815）夏，伊秉绶从家乡启程返京任职，途经扬州，旧时好友留他小住，客居至九月。扬州的九月天气渐渐转凉。他不慎染上秋寒，得了肺炎一病不起，于九月十一日在扬州病逝。扬州数万名百姓洒泪送别。伊秉绶死后未到一月，扬州百姓便把他供奉于"三贤祠"，和扬州历史上三位名贤太守欧阳修、苏东坡、王士祯并祀。数十年前，汀州宁化人黄慎在这块土地上以诗书画赢得声名；数十年后，又一个汀州宁化人伊秉绶以他的勤勉和德政在这里获得赞誉。汀州和扬州两座城市，因为这两位文化名人，至今仍往来频繁，建立起深厚的双城友谊。

重视文化　关爱家乡

在惠州府上，传闻有次伊秉绶到端溪随砚工一起下到40多丈深的坑洞，点着篝火采砚石。当他采得一块佳石时，怕伤了佳石的神韵，竟不忍下刀雕镌，只是在石的右侧边刻下"留与子孙耕，汀州伊秉绶题"十一个字。为此，大学士纪晓岚特专门为之题写了一篇砚铭。

伊秉绶常聚集文人墨客吟咏唱和，厨师往往忙不过来。于是，他让厨师用面粉加鸡蛋掺水和匀后，制成面条，曲成团，晾干后炸至金黄，储存备用。等客人来了，将面加上佐料放到水中煮即可招待客人。一次，诗人、书法家、"岭南第一才子"宋湘尝过后，觉得非常美味，便说："如此美食，竟无芳名，未免委屈。不若取名'伊府面'如何？"从此，伊府面流传开来，后简称"伊面"。听闻伊秉绶还创新了扬州炒饭的做法，并录入所著的《留春草堂集》中。

在汀州还流传着这位书法家提携后人、奖掖后学的传说。据史载，伊秉绶与清代史学家杨澜是文友。杨澜是汀州府长汀人，淳厚朴实、饱读经史。清乾隆五十四年（1789），伊秉绶参加殿试考中进士。这一年杨澜考中举人。这两人经常在文学上相互切磋，并交流史学著述事宜。伊汀州到惠州任职后，割舍不下对杨澜的挚爱，推荐他到广东一展才华，然而，杨澜婉言谢绝了。弃官从史的杨澜决心潜心修志，把一生奉献给汀州的史学研究，终于著述了汀州史学著作《临汀汇考》《长汀县志》。从这个角度上讲，杨澜和伊秉绶一样，成了受汀州人永远爱戴的先贤。

嘉庆十二年（1807），伊秉绶调任河库道，不久又调两淮盐运史。任职刚满两个月，因父病故，伊秉绶回汀州宁化奔丧。在老家料理了父亲的后事，他在宁化待了五年。其间，他给父老乡亲留下了不少手迹，也做了不少好事。有一年，宁化城墙坍塌，他出千金进行维修。又一年，家乡遭遇饥荒，他不仅捐粮救灾，还用自己的身份游说商家平价粜米，并捐义粮二百石赈济灾民。他还筹措钱银万两，倡修了广济、龙门二座桥。

独创伊隶　雄冠清代

伊秉绶早年师从刘墉，行楷风格近刘墉，又有颜真卿之神韵。他的隶书成就最高，具有充实宽博、气势宏大的阳刚之美，成为清代碑学中的隶书中兴的代表人物之一，博得许多等书坛巨匠的高度赞誉。清代收录最齐全的人物传记、史书《清史列传》谓："秉绶工八分隶。"由李元度撰、曾国藩作序的清朝另一部人物传记《国朝先正事略》谓其"隶书愈大愈见其佳，有高古博大气象"。他与桂馥齐名，以其"隶书超绝古格，在清季书坛放一异彩"而被后人瞩目，评价甚高。晚清最重要书法论著、康有为的《广艺舟双楫》专著，评价伊隶独具特色，雄冠清代："汀州精于八分，以其八分为真书，师仿《吊比干文》，瘦劲独绝。"据说乾隆皇帝常命伊秉绶题写匾额，还特许他在所书殿名旁侧署名。现在北京故宫中存留的"崇禧门"即是伊氏手迹。民间还有伊隶"一字一两黄金"的说法。

一百多年来，无数书法家拜倒在伊隶底下，终身追摹取法。福建三明籍书法家连长生著有《论伊秉绶隶书对后世的影响》一文，点评了一大批追随伊隶而有成就的大家。比如人称"广东文怪"的举人刘华东学伊隶而得其矫健之气；福建长乐人黄葆戊学伊隶而得其蕴藉之韵；"江南隶书之王"沈定庵学伊隶得其朴茂之势；福州人林健学伊隶而其恣肆之气，将伊隶与汉金文字完美结合，实现了书法与篆刻的统一；浙江海盐人俞建华学伊而得其遒劲之势；福建龙岩书家陈柏永学伊隶而增其俏皮灵动之势。伊秉绶的孙子伊立勋从小受家学熏陶，学识渊博，光绪年间曾任无锡知县，后成为书法大家。

伊秉绶去世后，清嘉庆二十二年（1817），家乡汀州宁化曹坊镇上曹村赤山嵊为他夫妇建了合葬墓，坐西北朝东南，外观呈"风"字形，砖石结构，占地120平方米。清朝举人，阳湖文派创始人之一恽敬撰文，清朝著作家、刊刻家、思想家，被誉为清代"三朝元老、九省疆臣、一代文宗"的阮元书丹，为伊秉绶撰写了墓志铭。前些年伊墓遭到窃墓者挖掘破坏。为保护伊秉绶文化遗产，发挥历史文化名人效应，宁化县政府重修了伊秉绶墓，恢复了原貌。1991年，伊墓被公布为省文保单位。2017年，伊秉绶的第七代孙伊常春、第八代孙伊嘉琪从上海回到客家祖地宁化寻根祭祖，希望寻到伊秉绶的另一支后人。2018年，曹坊镇举办了"默庵文化研学旅游基地建设项目"筹备启动仪式，计划投资1.2亿元，建设伊秉绶文化园。

1985年，上海书店出版《伊秉绶隶书墨迹选》，精选了他的楹联、匾额、扇面等36幅代表作，深受书法界同人欢迎。家乡长汀也没有忘记这位书法大师。在福建省级历史文化名街——长汀东大街，有座由精巧木雕组建而成的古代官吏府邸"大夫第"。这座宅院是客家府第式建筑的经典之作。其大门门楣上"秀起汀水"的匾额，正是汀州伊秉绶的集字。其篆隶圆润，笔力遒劲，与建筑的飞檐走壁正好相映成趣，为这座"福建第一雕花楼"增添了不少风雅与意境。

清代史学家杨澜

清代汀州史学家杨澜是长汀城人，字蓉江，号二樵，生卒年不详。清朝乾隆五十四年（1789）举人。他自幼聪颖，淳厚朴实，沉默寡言，读书之外没有其他爱好。十五岁时已饱读经史，崇尚汉魏文风。他的语言朴实而有文采。少年时候的诗作，常被误认为出自文坛老手。

据史载，杨澜与著名书法家伊秉绶是文友，常在文学上相互切磋，并交流史学著述事宜。杨澜参加乡试中举那年，正是伊秉绶考中进士之时。嘉庆四年（1799），伊秉绶任广东省惠州知府时，曾推荐杨澜到广东一展才华，然而，杨澜以文史整理为由婉言谢绝了。

大兴昭化文风

考中举人后，杨澜一直未能谋上一官半职。直到清道光元年（1821），他才被任命为四川昭化（今四川省广元市昭化区）县令。1993年版《长汀县志》有载，他在任上勤政爱民，注重人才培养。看到乡试的秀才们赴省城考试实属不易，他特别捐钱五十千（五十两银子）给他们作路费。在杨澜的鼓励与支持下，当地文风大盛。

《昭化县志》曾记载他一首诗。唐代宪宗元和年间，昭化县令何易于为政清廉，勤俭爱民，留下了"拉纤县令"的千古佳话。有年春天，利州刺史崔朴乘龙舟饮酒游玩。逆水行舟时，命何易于派民夫为其拉纤。何易于怕耽搁百姓耕种与养蚕，便亲自拉纤。崔刺史看到后，羞愧地骑马走了。一千多年后，杨澜到此主政，深受教育，便作诗《读孙樵书何易于事感赋》："吾羡唐时令，忧民愿不违。大官供顿盛，下吏典司微。引缆形无状，妨农语涉讥。贤哉崔刺史，感愧乃知非。"诗中提及下属要有惠民之举，还须得到贤能的上司理解与支持。由此可见，杨澜是有感而发，其胸中定难遣郁郁难平之志。故而，虽尽心竭力，现实却令杨澜理想无法实现、官场处处碰壁。上任昭化不到半年，因不愿沉浮官场，或许是本性更倾向于钻研文史，杨澜终究还是打道回府、辞官返汀了。

开《长汀县志》先河

回乡后的杨澜把自己的一生无私地奉献给了汀州的史学研究。他潜心学问，在文学、史学上卓有建树。从此，四川少了一位官场不得意的汀籍县令，汀州文坛却升起一颗冉冉明星。长汀数百年的历史沿革与风土人情得到整理、阐释和描摹。这才是家乡人之大幸。

民国版《长汀县志》有载，清道光十年（1830），长汀县令王垒聘请杨澜纂修《长汀县志》。王垒与长汀颇有渊源，曾两次担任长汀县令，第一次是道光八年（1828）至道光十年（1830），再任是道光二十一年（1841）至道光二十六年（1846）。杨澜担负总纂责任。他如实记录，秉笔直书，仅用两年就完成了书稿，成就了长汀历史上第一部县志——清道光版《长汀县志》。

在这本长汀县志的基础上，清朝咸丰四年（1854），汀州知府恩煜、叶永元，长汀知县廷栋等三人总修，续修了清咸丰版《长汀县志》；清朝光绪五年（1879），汀州知府刘国光总修，长汀知县谢昌霖协修，续纂了清光绪版《长汀县志》；中华民国二十九年（1940），由黄恺元、叶长青、欧阳英三名长汀县县长主修，清内阁中书邓光瀛总修纂，清朝举人丘复总修纂，长汀县教育会常务廖荻甫修纂，续纂了民国版《长汀县志》。1984年，长汀县成立了地方志编纂委员会，聘请了周晖、曹培基、毛河先、游慈琛、汤家庆等文史专家，历时8年，至1993年完成了新中国成立以来第一本《长汀县志》，简称1993年版《长汀县志》。2001年至2006年，历时6年，又续修了从1988年至2003年的《长汀县志》，称2006年版《长汀县志》。

就这样，从杨澜开始至今，长汀的历史记载，经历了清道光版《长汀县志》、清咸丰版《长汀县志》、清光绪版《长汀县志》、民国版《长汀县志》、1993年版《长汀县志》、2006年版《长汀县志》共六个阶段，才得以以比较完整的面貌呈现于世人面前。我们今日可以读史鉴今，多亏了这一代一代的史书传承。从这个角度上讲，杨澜弃官从史，开创《长汀县志》的先河，其价值和贡

朝斗幽境

献并不逊色于长汀历史上任何一级官员。

著述《临汀汇考》

杨澜更为人称道的是著述了整个汀州府的史学著作《临汀汇考》。拿《长汀县志》小试牛刀后，据民国版《长汀县志》载，晚年的杨澜悉心地将弟弟杨浚的《郡志补正》重加考订增删，编纂了优秀的地方志书《临汀汇考》。书名曰"考"，即特别注重"考证"之意。这部有关前汀州府及所属八县［长汀、宁化、清流、归化（今明溪）、连城、上杭、武平、永定］的地方志，共10万字、分4卷12项目。它史料丰富、内容详尽、考证翔实、见解独到、文采斐然，文字简练而流畅，为汀州八县提供了许多珍贵史料。出版不久便洛阳纸贵，受到当时文化人的高度称赞，对后代影响亦十分深远。正是这部《临汀汇考》奠定了杨澜在汀州文坛的重要地位。当代作家马卡丹、天一燕在《闽西文学史话》中点评该志书为汀州府最后一部"府志"。

《临汀汇考》约于道光年间编撰，书中杨澜自序未署确切年月。据称，该志于清光绪四年（1878）九月，由汀州知府刘国光提盐息公款刊行于世，并为之序。刘国光是著名的书籍刊刻家、收藏家，于清光绪三年（1877）任汀州知府。1993年版《长汀县志》记载其政绩："政勤爱民，兴办教育，养老恤孤，诸政次第毕举，政声卓著。"就是这样一位开明且有胆识的伯乐，为四十多年前完成的《临汀汇考》进行了公开刊印。据近代史学家、福建上杭人包树棠编纂的汀州府地方文献目录学专著《汀州艺文志》载，刘国光在序言中，盛赞杨澜"本邑有孝廉杨君某暨其弟优贡生某，均绩学士，著有《临汀汇考》。大而建置沿革，小而物产风谣，正谬析疑，淹贯精赅，至其发论建议，尤能穷尽事理，备极劝惩。杨君可谓能文章而有志者矣。尤愿郡中能文之士，以杨君之志为志"。

编纂汀人诗集

这位才高八斗、饱读诗书的长汀书生，研究史学之余，仍不忘纵情山水，爱诗如珍宝。他著有诗集《负薪初稿》，其诗风平易朴实，韵味绵长，别有一番山水之灵气。其中《有咏》诗："云萝隔四邻，山水有清音。风雪人归早，烧烛且论文。"居住在长汀城的山中，长年亲近山水是他生活的常态。缭绕的云雾与藤萝一同隔断了他与四邻的往来。从清晨到黄昏，都能聆听到山泉天籁般的清音。风雪天里，郊外太过寒冷，便早早回家，披上外衣点起蜡烛，悠然自得地评点文章，将胸中的腹稿全付诸笔下。他还写有吟梅诗，借梅抒怀，以梅言志。这种自由惬意、高雅著述的笔墨生涯，至今仍令多少读书人心向往之。

热爱史学的杨澜还常年搜集汀人遗诗。他采辑了自五代至清乾隆、嘉庆间共1300年，汀州府数百位诗人的一千余首诗作，挑选出数百首精粹，合编成《汀南廑存集》4卷，成为汀州古代诗歌之集大成。同治年间，汀人郑汝廉自愿出资发行该诗集。该诗集存留了许多汀州诗人的佳作，弥补了他们诗集失传之遗憾。其中，编著了上杭历史上第一部诗歌总集《杭川风雅集》的著名诗人李颖，他的诗集《梅隐稿》早已失传，只有一首《题周子礼全城事》诗存留于《汀南廑存集》。杨澜盛赞此诗"魄力沈雄，大家笔意，结得超脱"。

名冠汀州文坛

作家马卡丹曾关注过汀州文坛的清代兄弟文人现象。以长汀为例，著名的兄弟文人有清初的黎士弘、黎士毅兄弟，清中叶的李长秀、李长日兄弟，晚清的杨澜、杨浚兄弟等。在这些人中，杨氏兄弟的文学成就不算最突出，但在文学创作、诗文编辑、史学研究等方面都业绩骄人。论起综合分，马卡丹毫不犹豫地把冠军颁给了他俩。

杨澜的弟弟杨浚，字心泉，号三樵，与杨澜一样工诗善文，雅好史学研究。他聪慧敏捷，饱读诗书，为文喜爱自抒所得。14岁时，闽督学朱圭听说了他的名气，试着叫他作诗《小山丛桂赋》。结果，一炷香时间他就写完，且诗中多有佳句。朱圭爱他文采横溢，点他为国学第一名。督学汪听舫也以国家栋梁的待遇选他为优贡，希望他能官运亨通。清朝的优贡，每三年才由各省督学或学政从儒学生员中考选一次，每个省才几个名额。然而，杨浚和哥哥一样笑而婉拒，终身不出仕，独以诗书自娱。他也曾赴试求取功名，可惜未能考中，从此在家乡长汀设帐授徒，学子们纷纷来求师。他因材施教，学生中好几个还考上了举人。

杨浚一生的足迹几乎遍及汀州府八县，这为他搜集地方史料，编著《郡志补正》带来极大的便利。杨澜《临汀汇考》的前身，正是杨浚的《郡志补正》。可以说，是杨浚的《郡志补正》成就了杨澜的《临汀汇考》。杨浚不仅是文史家，还是韵学家。他留有《竹书纪年辨讹》《五经字音辨》等。杨浚诗集《见山园诗赋钞》诗作清新，颇具韵味。其中一首《竹枝词》："鄞江一丈水长清，

杨澜著述《临汀汇考》

风雨无端昨夜生。却被出山泉水浊，照人心事不分明。"从字面看，写的是清澈的汀江水在风雨之后变得浑浊，其内涵却给人无限遐思和丰富想象。

  其实，不仅杨家兄弟优秀，他们的父亲杨联榜也是长汀名进士。自唐宋以来长汀籍进士仅 71 名，杨联榜便是其中之一。杨联榜是乾隆三十一年（1766）进士，曾担任过广东西南、浙江桐庐、浙江海盐等七个县的知县。他宽仁廉洁，善待百姓。因治政有方，清乾隆四十一年（1776）升为广西省平南知州。杨联榜也能写诗。其《登北极楼》诗云："百尺高楼万里通，山灵此日醉词雄。眺来景物画图里，吐出风云诗句中。清磬一声烟树碧，飞腾数点夕阳红。归余胜事人争纪，柱史星文动紫穹。"晚年的杨澜兄弟二人常悠游林泉，互相唱和。笔者想，若是杨联榜看到儿子们著述颇丰，且淡泊如神仙的生活场景，心中一定欣慰不已。

教育家、诗人康咏

长汀有座千年书院。它背枕卧龙山，面朝三元阁，占地一万余平方米。其境古朴清幽，气势恢宏。这就是汀州试院，后更名龙山书院、长汀一中。曾任汀州试院山长的康咏，正是为家乡教育事业做出巨大贡献的清代教育家。

民国版《长汀县志》载："康咏，字步崖，弱冠登科，光绪乙丑进士。以中书留寓京师。尝从宝竹坡侍郎学诗。诗意清苦。历任汀州龙山书院及广东潮阳东山书院山长。汀州中学及广东惠潮嘉师范学堂监督。资政院议员。器识宏远，其所设施以兴学为大。地方兴革，罄力相助，乡里倚重。"1993年版《长汀县志》亦载：康咏（1862—1916），又名詠，号漫斋。清末民初进士、诗人，教育家，官至内阁中书。福建省汀州府城关（今长汀县汀州镇）人。清同治元年农历十一月二十七日出生于世代书香之家。自幼聪颖好学，博览经史，精文善诗。民国五年农历八月二十日，因积劳成疾，在潮州病逝，终年55岁。

忧国忧民　教育救国

康咏自幼聪颖好学、能文善诗。19岁考上秀才，20岁高中省试举人，受到主考官侍郎宝竹坡赏识。25岁赴京拜宝竹坡为师学习诗文。每当闲暇，他就漫游京西北名山。清光绪十五年至十七年（1889—1891），他与宝竹坡的长子、翰林院进士伯弟一同遨游塞外。所到之处，他皆赋诗题壁。清光绪十八年（1892），他南返并高中进士，被钦点为内阁中书。这期间，他应聘于广东潮阳东山书院山长，从事讲学。然而，"值清政不纲，内忧外患，相逼而来"。光绪二十年（1894）七月，中日开战，爆发甲午战争。一心为国排忧的康咏立刻奔赴北京。

他与挚友伯苇相约联名上书，请求投笔从戎，并商定若京都失陷，就以身殉国。不料，清朝政府妥协投降，于光绪二十一年（1895）与日本政府签订了丧权辱国的《马关条约》。目睹清朝政府的腐败无能，康咏自叹才不适世用，再无意从政，毅然辞官返乡投身教育。

从光绪二十四年（1898）起，康咏返汀担任汀州龙山书院讲席。四年间，汀州八县的读书人纷纷来汀求学，造就了不少人才。当时，正值废科举兴新学。康咏从康有为"废科举、兴学校"中得到启示，认识到国民教育的重要性。光绪二十八年（1902），他自费东渡日本考察东京、长崎、大阪等教育改革经验。回国后致力于兴办新学。光绪二十九年（1903），在潮汕创办同文学校。光绪三十年（1904）五月，他返回家乡，致力于文化下移的基础工程。在汀州知府张星炳的支持下，他将龙山书院改为汀郡中学堂。《长汀县志》有载，张星炳于清光绪年间两任汀州知府。身为翰林，在汀为官十年期间，他"严饬吏治，爱民如子，创办中学堂以宏教育，政声卓异"。汀郡中学堂，他慷慨捐款一千元作为基金。正因为有这样的贤能，康咏兴办新学的热忱才得到鼓励。同年，在张星炳的支持下，汀州府永定县湖坑乡洪坑村，也追随康咏的教育变革，建了一座林氏蒙学堂，后改名为"日新学堂"。至今，该学堂的大门门额上还存留着张星炳撰写的"仁山三兄大人建立林氏蒙学堂"牌匾。这个因拥有振成楼、奎聚楼而享誉中外的福建土楼之乡，见证了清末民初汀州教育学家康咏等客家文人思想开放、教育救国的时代风貌。

光绪三十一年（1905），康咏被聘为汀郡中学堂监督（即校长）。这一年他把汀州试院并为校舍。第二年春，他开始招收新生，增聘教员，扩大学校规模，设置了语文、数学、英语、音乐、图画、体育等十多门课程，购置了一批图书、仪器和标本。不久，他被选为长汀县教育学会首任会长。清宣统二年（1910），他又创办新俊小学校。从教二十余年间，他先后被选为福建省谘议局议员、京师资政院议员。返乡从事教育事业之余，康咏一直牵挂着乡人。辛亥革命后，为了避免在粤汀人遭受广东商人垄断与盘剥，康咏倡议兴办实业。他带领汀人在潮州集资创办盐业公司，他被推为总经理。凡是地方兴革，他都竭诚以待，深受汀人推崇，也受到潮州地方的尊重。在潮州官府的鼎力推荐下，他还创办了广东韩山师范，并担任过广东惠、潮、嘉应州师范学堂的监督。

诗意凄婉　壮志难酬

自幼受父亲亲授诗书，康咏所学无不精通。后来又随宝竹坡学诗，造诣颇深。宝竹坡是晚清重要诗人，著有诗集《偶斋诗草》。他的诗重言志、主性灵、不拘一格、豪健雄深。康咏等一大批名士都师从于他门下。因晚清朝政腐败，国无宁日，康咏的《漫斋诗稿》诗凄清婉丽，哀而不伤。其诗共6卷468首，至今仍存，多首入选陈三立编的《中国近代诗选》。《漫斋诗稿》按题材可分为针砭时弊、借物言志、思乡酬答、记游感兴、怀古励志等五类。按时间分为前后期，前期多为励志之诗和纪行之作，后期多为表现忧国忧民情绪。塞外三年，他著有《出塞集》49首诗记录了塞外风光。他对家乡的笔墨更为出彩。有描绘汀州城自然与人文景观兼具的《龙潭夜坐》："夜坐忽不怿，出门西复东。飞桥压溪月，曲岸拗江风。水自趋南海，龙犹卧故宫。何人吹短笛，哀韵满楼中。"最出名的是光绪十七年（1891），他自汀城南下，在舟中写下的《由汀往潮舟中作》一诗："盈盈江水向南流，铁铸艄公纸作舟。三百滩头风浪恶，鹧鸪声里下潮州。"诗中用巧妙的比喻刻画出艄公镇定沉稳的形象，同时道出汀州客家人穿过滩多流急、礁石密布的水路南下潮州谋生的惊险场面。这一年，29岁的康咏已是博学多识，才名远扬，被广东湖阳的东山书院聘为山长。故而，他借用李白"两岸猿声啼不住，轻舟已过万重山"的诗句，表达即将上任之喜悦。一百多年过去了，这首记载汀江航行险境的诗歌仍存留于长汀博物馆内，而"鹧鸪声里下潮州"的诗句更是在汀潮两地广为流传。

康咏十分同情百姓。光绪二十六年（1900）初，河北、山东等地爆发义和团运动。他们焚毁基督教堂，驱逐外国传教士及信众。六月，八国联军入侵中国，八月占领北京。清政府转而联合列强铲除义和团。无辜平民百姓受到损毁教堂的株累，被迫出金赔偿。康咏采用现实主义手法写下《哀平民》诗："兵如狼，吏如虎，械系平民入官府。问此何罪因，答云株累苦。耶稣堂毁牧师怒，富家倾家贫被虏。十金索百百索千，纵有储积皆荡然，索偿欲空仍未填。不闻东家子，畏逼甘逃死；不见西邻妻，饮鸩已不起。呜呼！厄连值阳九，天子于今殿下走，我辈愚贱更何有。质田鬻宅空有无，偿款不足仍追呼，明朝更典妻与孥。"揭露了官吏的横行暴行，表达对百姓卖田卖儿之哀叹。作为走出过国门的清醒爱国者，康咏对美国、德国、俄国、日本等列强入侵中国深感忧虑。他愤然写下《己亥杂诗》四："美人掣我肘，欧人扼我喉。俄人拊我背，倭人摧我头。苍天构奇祸，凌迟到神州。英雄耻任连，誓志完金瓯。安知非启圣，先之以殷忧。黄种四万万，慎勿忘国仇。"对当时"大梦何时醒"的国人敲响警钟，号召四万万中国人勿忘国仇，共同救国！

交往贤士　勿忘国仇

康咏与刘光第有一段以诗交友的史事佳话。刘光第（1859—1898）是四川人，祖籍汀州武平湘坑湖村（今湘店乡），字裴村，进士，刑部主事。光绪二十三年（1897）刘光第受族亲之邀回汀州。他拜谒了入汀始祖刘祥的刘氏家庙，拜会了正好返汀、小他3岁的同年举人康咏，并欣然为康咏诗集题写七绝诗《题康步崖同年咏诗草》："长汀诗人康步崖，凤池无地贮愁怀。怪他苦语时时吐，回首师门是偶斋。"诗中提及康咏常满怀忧愁，旁人责怪他时时倾诉报国无门之话语，不知道他的老师就是宝竹坡啊。刘光第从侧面称颂了康咏的爱国情怀。

光绪二十四年（1898），刘光第参加以康有为为首的变法维新，遭到了慈禧太后等保守派阻挠。光绪帝被幽禁，康有为、梁启超分别逃往法国、日本。9月28日，年仅39岁的刘光第与谭嗣同、杨锐、林旭、杨琛秀、康广仁等维新志士慷慨就义。这就是近代史上著名的"戊戌六君子"。听闻谭嗣同、刘光第等六君子被绑赴西市斩首的噩讯，康咏不顾朝廷禁令，作诗《六君子传后》："云雾连天黯，郊原喋血红。群公纷洛蜀，万国走艨艟。拨乱需人杰，衔冤泣鬼雄。千古谁定论？未免怨苍穹！"一表对统治者摧残人才的愤怒之情。同期，他又作诗《感事》："城上饥乌啄，长安修不春。乾坤余正气，风雨泣孤臣。周勃应忠汉，商鞅岂误秦。天涯闻乱见，左祖祖何人。"赞颂戊戌六君子是汉文帝时的丞相、将领周勃，战国时期改革家、法学家商鞅式的舍生取义的变革人才。

血性男儿英雄相惜。康咏与著名爱国主义诗人丘逢甲也有着很多的共同点：同为客家人、进士、诗人，都在广东潮阳东山书院授过课，都希望通过维新与教育来振兴国家，甲午战争期间都曾准备以身殉国。近代爱国志士丘逢甲（1864—1912），出生台湾，祖籍汀州上杭中都。进士，工部主事，著有《岭云海日楼诗抄》。从康咏《漫斋诗稿》得知，这两个有着相同情怀的诗人，唱和的诗高达24首。康咏以《留别东山》《出塞集》等诗集相赠，丘逢甲题诗《东山感秋词，次康步崖中翰题壁韵》等唱和。

长汀一中旧景

兴学育人　惠及千秋

　　千年书院汀州试院，是我的母校长汀一中的前身。始建于宋代，元代为汀州卫署旧址，明清两代是汀州八县学子考秀才的考场，又称"文厂"。清乾隆年间，纪晓岚曾到汀州试院监考，据说当时就住在试院厢房。清康熙二十年（1681）巡道邓秉恒、知府鄢翼明在试院后创建龙山书院。康熙三十五年（1696）知府王廷抡又重修书院。乾隆十四年（1749）知府曾曰瑛扩建龙山书院，聘请永福举人黄惠为师，依照朱熹白鹿洞条规办学。光绪三十年（1904）5月，汀人进士康咏建议将龙山书院改为新学汀郡中学堂，并任首任监督，一直担任到光绪三十二年（1906）冬天。这是福建最早创办的新学之一。中华民国元年（1912）二月，改名汀州中学校，改行新学制。民国六年（1917）四月收归省立，名省立第七中学。1955年更名为"长汀县第一中学"，康咏成为长汀一中的首任校长。

康咏青年时代就立下"此身誓许国、立志定封侯"的凌云壮志与爱国情怀，一代一代地传承给了他的后辈。他的长子康绍麟是近代诗人、教育家，同盟会会员，曾留学日本明治大学法科。清宣统三年（1911）得孙中山广州起义密令，因日期不到回到汀州陪伴妻子分娩。不料起义提前爆发。康绍麟遥望南天，为自己没能参加而抱恨不已。民国五年（1916）八月十二日康咏在潮州病逝。康绍麟护送父亲灵柩回汀，并葬于金盆山。武昌起义爆发后，康绍麟在汀郡中学堂教员刘家驹等同盟会会员的领导下，带领汀州革命党人组织"民军"，积极响应。晚年的康绍麟还筹资、作序、整理刊行了父亲的《漫斋诗稿》。康咏的孙女婿、长汀城关人叶英超是世界客属总会理事。他同样心系家乡教育事业。2012年，88岁的叶英超从台北赶回长汀，参加了汀州白沤亭修复协会为长汀优秀学子的颁奖大会。为了纪念他的夫人、康咏先生的孙女康慧琴，他还在长汀一中设立了"康慧琴纪念奖学金"，一直颁奖至今。

千百年来，汀州人不仅在保护着一座古城，更在守护着诗书传家的人文情怀。站在长汀一中古柏树下，我仿佛听见康咏校长在长吟他的《励志》诗："春风荡和气，不荣枯朽枝。秋风肃杀机，不害松柏姿。穷通岂移人，平生当自持。与为平者翼，何如念当时。与为逝者悲，何如念今兹。譬彼梁栋材，斧斤当不辞。譬彼圭璋品，沙石当受治。聪明猎浮华，客慧良可嗤。"

后　记

　　我的老师王光明教授说：无论是历史的美好记忆，还是被现实表象遮蔽的民系真质，都必须通过有心人的发现、辨析才能得以昭彰，成为当代人的人生财富。

　　到方志部门工作，不知不觉已经六年。我热爱脚下的每一寸土地，曾出版过一部书写家乡的散文集《汀水谣》。方志岗位让我有机会接触更多汀州史书文献，知晓历代名流，我的心渐渐地萌生出穿越历史，寻访历史人物的念头。

　　于是有了这本书。

　　我像是学步稚子，踩着巨人的足迹，仰观汀州的千年历史。按照时空顺序与建置沿革，从唐代汀州初建到清末民初一千多年的史料中，整理出对汀州历史做过巨大贡献的三十余位古人，钩沉他们淹埋史海深处的行踪。其中有些渊源与轶事已形诸文字，陆续发表在《福建日报》《福建史志》《客家纵横》等刊物。读史，如见古人铅华洗尽后。我常想：历史刹那间的火光长照千古。时空虽远隔千年，仍然触动我们的心灵，或许这就是文化的力量。

　　千古文章来复去，百年人事苦纷争。那些直逼灵魂的历代拷问，是读书人战胜肉身寂寞的第二生命。台湾徐国能《诗人死生》如是说："其实不只杜甫，每一个诗人，都活在他的诗句中。只要有人诵读，诗人便从千古而来，与读者双手紧握。"文化认知，犹如流星照亮夜空，令我们这些文史工作者持笔有灵犀，仰望则热泪盈眶！编史可以完成自我救赎。埋头秉笔，达观知命，固守本心，也足以成就人生。

　　吾爱吾乡。望千载类同之天空，追思古往今来之志士，曾经慷慨激昂此间。

先贤们万水千山归来著书，风轻云淡回归田园。喟叹才人逝去楼空后，我更愿乘双柏依然枝繁叶茂，守护好那片余荫，传与后世子孙观看。倚汀江涟漪，烫一壶米酒，翻几本史册，礼敬千秋俊秀之先人，岂非人间快哉事？

感谢百忙之中为本书写序的王耀华教授、王光明教授与马卡丹老师。感谢文坛上引领我的张胜友、郭义山、黄征辉、吕金淼、涂秀虹、庐弓等良师益友。感谢张鸿祥、兰寿春、天一燕、邹文清、涂明谦等文史专家为本书提供丰富史料与独特见解。感谢美术家杨林、谢琦、杨红为本书精心插图，游焙章、陈李萍等方志同仁协助查史校对。撰写本书时，由于史料巨量，人力有时而穷也，有些史事未及详尽考证，愿做引玉之抛，祈盼专家和读者指正！